W0266124

«Le ventiquattro donne che si raccontano ad Alice Werblowsky
e Carla Chelo fanno pensare a una galleria di ritratti,
ognuno dei quali rappresenta una particolare situazione femminile,
e nel loro insieme ci aiutano a capire "chi sono, come sono"
le italiane di oggi. Ma forse ci dicono anche qualcosa in più,
perché ci fanno intravedere la linea di tendenza,
il "come saranno" quelle di un domani prossimo.»
Gabriella Parca

ESPERIENZE
54

Alice Werblowsky
Carla Chelo

SIAMO COSÌ

Un giorno nella vita dell'Italia attraverso le storie di ventiquattro donne (più una)

Prefazione di
Gabriella Parca

TEA

TEA - Tascabili degli Editori Associati S.p.A., Milano
www.tealibri.it

Le persone e i fatti raccontati in questo libro sono reali; tuttavia alcuni nomi di luoghi e di persone sono stati cambiati a tutela della privacy.

© 2005 TEA S.p.A., Milano
Prima edizione TEA Esperienze febbraio 2005

Prefazione

Le ventiquattro donne che si raccontano ad Alice Werblowsky e Carla Chelo fanno pensare a una galleria di ritratti, ognuno dei quali rappresenta una particolare situazione femminile, e nel loro insieme ci aiutano a capire «chi sono, come sono» le italiane di oggi. Ma forse ci dicono anche qualcosa in più, perché ci fanno intravedere la linea di tendenza, il «come saranno» quelle di un domani prossimo.

Se invece vogliamo vedere come sono cambiate rispetto al passato, possiamo prendere come punto di riferimento le lettere inviate alla «piccola posta» di due settimanali femminili molto popolari, ma non pubblicate, e raccolte invece nel mio libro Le italiane si confessano. *Quando il volume uscì, nel 1959, suscitò molte polemiche e un severo monito dalla stampa perbenista: «I panni sporchi si lavano in famiglia!» Proprio come Cesare Zavattini aveva previsto nella prefazione, scrivendo: «Questo dispiacerà a quei bravi signori che dicono che i panni sporchi si lavano in famiglia, ma poi non vogliono mai lavare niente neanche in famiglia...» E concludeva: «L'Italia è un grande harem, la nostra è ancora una società fatta di quello che si tace e non di quello che si dice. Ma la lotta contro tutto ciò è cominciata e un libro come questo ne è un coraggioso segno».*

Ma cosa dicevano mai le donne di così vergognoso nelle loro lettere? Niente di più di quello che avrebbero potuto dire, in una società più aperta, alle loro madri, sorelle, amiche. Ma poiché temevano di non essere capite e di essere mal giudicate, si rivolge-

vano al « consigliere sconosciuto » del loro settimanale preferito, e protette dall'anonimato, gli confidavano i loro problemi, le loro angosce, le loro delusioni, per avere un consiglio, o semplicemente per sfogarsi o trovare una spalla virtuale su cui piangere. Ma da queste lettere scritte con sincerità da operaie, impiegate, casalinghe, studentesse, emergeva un'immagine della donna italiana completamente diversa da quella serena e soddisfatta accreditata nella nostra società. Ed era qui lo scandalo, la sorpresa, l'incredulità. Perché questa donna che preferiva « confessarsi » a qualcuno che non conosceva, magari donna anche lei, piuttosto che al prete – e ciò allarmava « L'Osservatore Romano » che dedicò all'argomento un lungo articolo – questa donna si rivelava piena di dubbi e di paure, spesso ossessionata dai problemi del sesso ufficialmente tabù, ricca di slanci ma inibita dai pregiudizi, generalmente insoddisfatta della propria vita, ma incapace di fare il minimo tentativo per cambiarla.

Sono passate due generazioni da allora. Quel libro è stato tradotto in molte lingue e ha ispirato anche un film. Ma nel frattempo, quanto sono cambiate le donne! Confrontando quelle di oggi a quelle di allora, ci rendiamo conto di quanto cammino è stato fatto, rispecchiando quello della nostra società.

Alla fine degli anni '50 la contraccezione era proibita, e chi ne parlava o scriveva commetteva un reato. Il « delitto d'onore » regnava sovrano nel nostro codice, per cui uccidere la moglie che « tradiva » o piuttosto la sorella che « macchiava l'onore della famiglia » era motivo d'orgoglio per l'assassino, punito con due o tre anni di carcere e approvato dall'opinione pubblica locale. L'adulterio femminile, comunque, era punito con un anno di carcere se si trattava di un fatto estemporaneo, con due se si trattava di una relazione, anche se la donna era separata dal marito. Il quale invece poteva tradire quanto voleva, perché veniva punito dalla legge solo per concubinato, ossia se viveva stabilmente e apertamente con un'altra donna. Ma non basta. L'adulterio femminile presentava anche una variante molto fantasiosa: l'adulterio apparente. Insomma la donna si doveva preoccupare anche di non da-

re l'impressione di tradire. Un caso di cui parlarono a suo tempo tutti i giornali, fu quello di una signora « scoperta » a mangiare in casa del supposto amante. Quella fu considerata una prova inoppugnabile del suo tradimento!

Sempre in quegli anni, e fino al 1970 quando fu istituito il divorzio, un matrimonio fallito equivaleva a una condanna a vita soprattutto per la donna, vista la disparità di trattamento che le riservava la legge, ma anche per la « doppia morale » vigente nella società, sempre molto comprensiva verso il comportamento maschile e assai severa verso quello femminile. Così alla povera separata spesso non restava che tornare con i figli presso la famiglia d'origine, dove veniva posta sotto tutela come se fosse tornata minorenne. « Mia figlia, che ha 17 anni, ha più libertà di me », confessava una di loro. « D'altra parte è forse l'unico modo per sfuggire alla caccia che molti uomini danno alle donne che non sono più né libere né sposate, perché le considerano facili prede. »

Lontano dunque in quegli anni il divorzio, ma ancora più lontana la regolamentazione dell'aborto, che allora si praticava solo clandestinamente e pericolosamente. E sebbene fosse considerato un gravissimo reato, era molto più diffuso di oggi, a causa della mancanza dei metodi contraccettivi.

Attualmente, quelle leggi che ponevano l'Italia agli ultimi posti nella classifica dei Paesi occidentali non esistono più, grazie anche alle lotte di molte donne. E c'è invece una legge sulla parità dei sessi che ci fa onore e ci colloca tra i Paesi più avanzati. Ma non si può dire che in pratica esista una reale parità fra i sessi. Nella politica le nostre rappresentanti in Parlamento non superano mai il dieci per cento degli eletti. Nei consigli di amministrazione quasi non esistono o sono di breve durata, mentre gli uomini sono capaci di invecchiare nei posti di potere. In famiglia le cose sono migliorate, ma siamo ben lontani dall'interscambio dei ruoli di cui si parlava negli anni della rivoluzione culturale provocata dal femminismo. Oggi, come ieri, la donna che svolge un'attività extracasalinga ha sulle spalle un doppio o triplo lavoro, supportata ben poco dal suo compagno. Mentre se è una casa-

linga, che magari ha lasciato la sua attività per dedicarsi esclusivamente alla famiglia, dipende in tutto dal marito, che pretende da lei una disponibilità assoluta. E nel malaugurato caso di un fallimento matrimoniale, la mancanza di indipendenza economica renderà tutto più difficile.

Non si può dire che l'uomo italiano sia rimasto quello di cinquant'anni fa. Anche lui è cambiato e spesso riconosce, a parole, la parità dei sessi. Dà una mano in casa e si occupa dei figli piccoli più di quanto facesse suo nonno o suo padre. Ma è duro per lui rinunciare ai privilegi acquisiti in secoli di patriarcato, quando era il «capo della famiglia» e aveva il diritto di prendere tutte le decisioni, mentre la moglie doveva solo ubbidire. Ora, a volte rimprovera alla donna di voler essere lei a decidere, mentre lei vuole soltanto partecipare alle decisioni che la riguardano. Inoltre, è troppo abituato a essere «compreso e perdonato» dalla madre, per non aspettarsi lo stesso trattamento dalla sua compagna. Il principio di «reciprocità» gli è piuttosto estraneo, perché il suo peso deve sempre essere maggiore di quello di lei. Altrimenti... «La donna che ti cammina al fianco ti può superare», mi disse un giovane siciliano molti anni fa. E credo che molti lo temano ancora oggi.

Ma veniamo alle testimonianze raccolte in questo libro. Un tema emergente, destinato ad avere sempre più spazio in futuro mentre era completamente assente in passato, è quello dei matrimoni misti. Qui è presente in tre casi su ventiquattro, e anche se certamente non è questa l'incidenza su scala nazionale, il loro numero aumenterà quanto più la nostra società diventerà multiculturale.

I problemi nascono non per il colore della pelle, ma per quelle diversità culturali di cui la religione è solo una componente, accanto alle tradizioni, al costume, all'educazione ricevuta. All'inizio quelle diversità possono rappresentare un motivo di attrazione, ma in seguito, soprattutto se nascono dei figli, possono diventare motivo di conflitti. In uno dei tre casi si è aggiunta la violenza, che non è caratteristica di quella cultura, ma che ha agito da catalizzatore, facendo esplodere tutte le incomprensioni che cova-

vano tra i due. Così si è arrivati al fallimento del matrimonio, come in un altro caso in cui si era dovuto affrontare la reazione ostile dell'ambiente.

Solo nella terza testimonianza l'unione funziona, anche se a costo di qualche compromesso. In realtà, le differenze culturali si possono superare, se due si amano e si rispettano, come dimostrano molti matrimoni misti riusciti. Ma non bisogna ignorare quelle differenze o fingere che non esistano. È necessario conoscerle e valutarle, per poterle anche accettare.

Altre novità rispetto al passato, sono l'importanza che il lavoro ha nella vita della donna, e il tipo stesso di lavoro. Ognuna qui svolge un'attività extracasalinga, tanto che l'unica casalinga, del tutto insoddisfatta, s'inventa un lavoro dandosi al teatro. Ora non so quanto questo rispecchi la nostra realtà, perché ho conosciuto casalinghe di ogni tipo, soddisfatte o insoddisfatte, ma nessuna così creativa. Però, che si possa reagire alla propria insoddisfazione in modo positivo, invece che abbattersi o mugugnare, mi sembra più tipico della donna d'oggi che di quella del passato.

Quanto al tipo di lavoro che rappresenta una novità, le «testimoni» sono una poliziotta e una camionista. La prima è una ragazza del Sud trasferitasi al Nord, che vive il suo ruolo quasi come una missione in difesa dei più deboli, e contrariamente a quanto si potrebbe pensare, si è sentita subito accettata dai suoi colleghi maschi. Cosa che invece non è avvenuta per la camionista, che pure ha sposato uno di loro, con il quale va fortunatamente molto d'accordo. Anche lei ha un po' mitizzato il suo lavoro, ma questo certamente l'aiuta a non sentire troppo la fatica per le centinaia di chilometri passati ogni giorno alla guida del suo amato camion.

Molte sono le donne innamorate del loro lavoro. C'è l'ostetrica con tanto di laurea, che si è trasferita in alta montagna per assistere le future mamme che partoriscono in casa. E c'è chi fa l'elogio del computer, perché le permette ancora di lavorare, che vuol dire sentirsi viva, mentre la malattia la blocca in casa. E lotta contro il male, che non è quello metafisico di cui tanto si parla, ma quello che piega il corpo, lo lacera, lo rende preda del dolore, il vero nostro nemico.

È una buona combattente anche la madre nubile che lotta con la povertà – categoria quasi mai citata quando si parla di « nuovi poveri » – che per guadagnare onestamente poche centinaia di Euro fa un lavoro precario, non protetto, che rischia di perdere ogni volta che si ammala.

Buone combattenti sono anche due ragazze che stanno uscendo dal tunnel dell'anoressia, con due diverse storie alle spalle ma con un comune punto di arrivo: accettarsi come sono, perché il corpo non è tutto, per fortuna.

Quasi in punta di piedi una testimonianza ci introduce nel mondo delle ombre, quello dei non vedenti. È un mondo che non conosciamo, ma che dovremmo cercare di conoscere perché è la nostra insensibilità, la nostra indifferenza che spesso ferisce maggiormente chi soffre di questo grave handicap. E rende più insopportabile la loro solitudine.

Ma vorremmo finire questo breve viaggio fra le italiane di oggi, con una nota di ottimismo. A salutarci è una ragazza calabrese, che rimasta orfana si è trasferita a Torino per studiare. E ora insegna in una classe con venticinque bambini, appartenenti a venticinque diverse etnie. Potrebbe sembrare una torre di Babele, e invece non è così. Essi riescono a intendersi tutti fra loro, bambini e insegnante. Certo questo « miracolo » è costato, costa tuttora molta fatica. Ma ne vale la pena, perché intendersi, capirsi, comunicare è un grande privilegio degli esseri umani.

GABRIELLA PARCA

SIAMO COSÌ

Introduzione

Sono molti in Italia a pensare che, per una ragazza, essere fotografata all'uscita di una discoteca abbracciata a un calciatore, sia più importante, per la carriera, di una laurea a pieni voti. Da quando i concorsi per veline si sono moltiplicati, e le selezioni di belle ragazze pronte a tutto per farsi riprendere durante uno stacchetto sono diventate trasmissioni di successo, sembra che la maggior parte delle italiane non pensi ad altro.

Ma forse quest'Italia c'è sempre stata, anche prima della diffusione della TV. *Bellissima*, il film di Luchino Visconti con Anna Magnani, che interpreta una madre pronta a subire e far subire alla figlia qualunque umiliazione pur di far conquistare alla sua piccola un quarto d'ora di celebrità, descriveva personaggi che oggi sono comunissimi. Era il dopoguerra. Solo che allora mamme così facevano pena, ora fanno invidia.

Non a tutti per fortuna. Il vuoto che avanza in TV, ha molti fan, ma ha poco a che vedere col mondo reale. Se il piccolo schermo si guarda bene dal raccontare cosa succede attorno a noi, non vuol dire che non ci sia chi, ogni mattina, si alza in cerca di un'idea nuova per risolvere i suoi problemi, per rendere la sua vita più interessante, per raggiungere sogni meno omologati.

Lavorando in TV ci si rende conto sempre di più come il piccolo schermo costituisca un mondo virtuale, a volte senza alcun rapporto logico con quello che lo circonda. Un universo consolatorio e crudele insieme. Perché, pur di far parte di quel mondo virtuale, pur di apparire in video, c'è chi corre il rischio di farsi sbranare, come i gladiatori della Roma antica. Vanno forte quelle disposte a mostrare il proprio corpo (e fin qui niente di nuovo), ma anche le mamme assassine. Porte aperte a chi è pronta a raccontare i dettagli più intimi della propria vita (meglio se già a brandelli o talmente misera da far sentire meno infelice chi guarda da casa). E se le lacrime non bastano più, ecco che si trova anche chi è disposta a farsi succhiare la cellulite o rifare il seno, magari in diretta, davanti a milioni d'italiani. A forza di stupire e colpire o semplificare e rendere piacevole, si finisce per escludere tutto ciò che non è banale e scontato o semplicemente non è più forte di ciò che si è già visto.

Una buona parte delle testimonianze raccolte in queste pagine sono di donne che abbiamo incontrato andando a caccia di storie, per lavoro. Ma per quanto curiose e interessanti fossero le loro voci, erano inadatte alla televisione, anche se tre di loro, per qualche secondo sono state intervistate.

Durante un servizio sulle ragazze obese ricoverate in una clinica specializzata, il medico ne scelse una che potesse «funzionare» in TV. Era una ragazza molto simpatica, e infatti «funzionò» benissimo, anche se la sua storia era tra quelle meno significative. È stato proprio in quell'occasione che ci è venuta voglia di parlare delle «antiveline», di quelle che in TV non ci andranno mai, per scelta, o perché la loro vita è troppo lontana dagli stereotipi. In quella clinica, nascosta tra tante altre ragazze ce n'era una silenziosa e arrabbiata, ci siamo conosciute e lei, tempo dopo, ci ha scritto, raccontando meglio di chiunque altro la condizione di chi si sente escluso non per quello che è ma per il proprio aspetto fisico. La sua è stata una delle prime storie che abbiamo raccolto, le altre sono arrivate un po' per volta.

Le storie qui raccolte sono tutte vere, e sono scritte in prima persona perché alla base di ogni capitolo c'è un documento: lettere delle protagoniste o registrazioni. E poiché le donne che abbiamo incontrato sono molto diverse tra di loro, diverso è stato anche il loro modo di raccontarsi. Le differenze si vedono ancora: quando è stato possibile abbiamo cercato di rispettare le caratteristiche delle donne che qui parlano, ma resterebbe deluso chi cercasse in queste pagine un documento linguistico. Perché spesso gli originali sono stati modificati. Per eliminare ripetizioni, punti oscuri, per trasformare una testimonianza orale in una storia scritta. Alcune di queste storie sono la sintesi di una corrispondenza durata molti mesi. Altre di parecchi incontri e relative registrazioni.

Non ci siamo limitate a raccogliere carte, ma abbiamo cercato di fare il nostro mestiere. Decidendo cosa valeva la pena di approfondire e cosa si poteva eliminare.

Alla fine ciò che abbiamo ottenuto è la cronaca di due anni di incontri, non interviste ma veri e propri incontri, che ci hanno un po' cambiate come crediamo sia successo alle protagoniste di queste storie.

Dal Nord al Sud, donne anziane o giovani, sposate o sole, sofisticate o semplici, ci hanno raccontato la loro vita, la loro ricetta per sopravvivere, la passione attorno alla quale ruota il loro equilibrio, la scoperta che poteva esserci un modo nuovo, tutto da inventare, per affrontare la vita. Quasi tutte a un certo punto del racconto si sono guardate indietro, hanno ripercorso a ritroso la strada fatta a partire dalla famiglia d'origine. Dietro a ognuna di queste storie se ne intuiscono altre sullo sfondo. Molte parlano di madri casalinghe od obbligate a lavorare in fabbrica, di vedove o divorziate destinate a una vita di solitudine sentimentale: per la maggior parte sono storie di donne che non hanno potuto scegliere liberamente il loro futuro. In ognuna di queste testimonianze c'è sempre una madre, una nonna, da cui prendere le distanze o da seguire.

Per quelle che parlano in queste pagine, è stato diverso, anche le più modeste hanno avuto un'occasione. A Torino abbiamo trovato una maestra che lavora nell'asilo più misto d'Italia: una scuola dove fino a dieci anni fa si sentivano soprattutto dialetti del Sud mentre adesso le lingue sono tante. A Milano c'è una ragazza calabrese che da piccola sognava di diventare una *Charlie's Angel*. È riuscita a fare di meglio, è un agente scelto del nucleo antiviolenza. L'ex cassiera di un supermercato racconta perché ha abbandonato la sua vita sicura per prendersi cura degli anziani soli e di come sia molto più felice di prima. Una casellante passa le sue giornate in uno spazio grande come una cella, tra lo smog e il rumore, ma ha coltivato abbastanza la fantasia da aver creato un piccolo universo nel suo gabbiotto, che la aiuta ad andare avanti mentre cerca di realizzare il suo obiettivo di aprire un piccolo agriturismo al Sud, dove ci sia il sole e il mare. Una ragazza madre racconta come si fa a sopravvivere con un lavoro precario e mal pagato, e con l'incubo che da un momento all'altro qualcuno possa rubarle l'unico grande amore della sua vita: la figlia. Poi c'è la ragazza di un paese della bergamasca, la prima donna ad aver sposato un senegalese: abbandonata dal marito, avversata dai paesani, ma niente affatto pentita. E ci sono tanti modi diversi di realizzare i propri sogni: quello di Carmen che la famiglia se l'è ritagliata su misura prendendosi cura di una bambina africana e dei suoi cari, o di Elisabetta, una camionista innamorata del suo Tir e del marito, o di Cecilia, una ragazzina che insegue l'amore e si fa inseguire dagli uomini.

Questo libro parla anche di libertà. Tutte le storie riunite in queste pagine sono il racconto di come ventiquattro donne (più una, che la sua «ora» la sta ancora cercando) di età, condizione sociale e provenienza diverse abbiano usato la libertà a loro disposizione. Ognuna spiega un episodio centrale della vita, un'avventura importante che ha segnato il resto dell'esistenza. Naturalmente si parla anche delle cose che possono limitare o accrescere la libertà: soldi, famiglia, fortuna, cultura, classe sociale e quella trappola adorata dalle donne che è l'amore. Solo una parla di politica, almeno direttamente. Ora che si discute tanto se nel nostro Paese la libertà sia minacciata, limitata, ingannata ci è parso utile andare a curiosare quanta libertà c'è nella vita di donne normali.

Non è un'indagine statistica, e neppure un'inchiesta, ma l'impressione è che le donne che abbiamo ascoltato abbiano saputo inseguire i loro desideri con molta tenacia e determinazione. Abbiano, in genere, goduto di una libertà di scelta semplicemente impensabile per le loro madri, pagandola però un prezzo altissimo. È l'aria che tira in questo momento a non essere salubre per chi tenta una scelta non conformista. E le ragazze di questo libro, o perché innamorate, o perché inquiete, o perché gli è capitato, sono tutte un po' ribelli, un po' fuori dai binari. E in Italia non è un buon periodo per la gente non omologata. Quale altro Paese avrebbe proposto come commissario europeo un ministro che dice: «I bambini che hanno solo una madre e non hanno padre, sono figli di una madre non molto buona»?

Tutte donne normali che hanno storie bellissime da raccontare. Non si conoscono, non si incontreranno mai, ma hanno qualcosa in comune: una tradizione tutta italiana di sapienza femminile. Radici antiche che vengono tramandate nei modi più curiosi e insospettabili, come le ricette di famiglia. Alle fine ne risulta un ritratto lontanissimo dalla cronaca, un universo inquieto, a volte disperato, mai rassegnato. E un campionario di desideri, sogni e strumenti per realizzarli vario, ingegnoso e insieme romantico. È un ritratto intimo, ma più moderno e civile di quello che ogni giorno riportano giornali e TV. Un pezzo di Paese tenace, ma quasi invisibile, perché del tutto snobbato e dimenticato dai massmedia, che meriterebbe più attenzione e sostegno. Forse, basterebbe cominciare ad ascoltarlo.

a.w., c.c.

Franca
Dove abitano le Charlie's Angels

L'UNA DI NOTTE

«Era l'ora in cui cominciavo a lavorare, in cui iniziavo il turno di notte alla Polizia ferroviaria. Mi ricorda un bel periodo della mia vita. Mi succede anche adesso, quando sono reperibile la notte, di essere a casa e ricevere una telefonata. Magari proprio quando sto per andare a letto. Allora ti vesti, pensi a cosa sarà questa volta ed esci nella notte.»

Bionda, occhi azzurri, capelli lunghi e lisci lungo le spalle. Il tono è pacato, l'abbigliamento sobrio e non c'è nulla in lei che tradisca il mestiere che fa: l'agente scelto del nucleo antiviolenza. Franca T. viene dal Sud, ha una laurea e molte specializzazioni, ma giura di avere ancora tanto da imparare.

Quand'ero una ragazzina sognavo di fare la poliziotta. Guardavo alla tele le *Charlie's Angels* e fantasticavo di essere come loro. Più tardi, quando ho iniziato davvero a fare questo mestiere, mi sono accorta che la realtà è molto diversa dalla finzione. Non tutto quello che facciamo finisce sempre bene come vorremmo. Ci sono i momenti in cui sei carica d'adrenalina, ti viene l'idea brillante e va anche meglio che nei telefilm perché il protagonista sei tu, ma ci sono anche i momenti in cui giri a vuoto. In televisione quando i buoni vengono feriti, si danno una spazzolata ai vestiti, si tolgono le macchie di pomodoro di dosso e ricominciano a girare la scena. Nella realtà non è così. Il mestiere che faccio è molto diverso da quello che immaginavo, ma mi piace. Ho avuto occasione di cambiare, ho vinto qualche concorso, ma ho scelto di restare.

Mai dire mai

La mia vita non è stata facilissima, ma questo mi ha aiutato a mettere alla prova le mie capacità. Mi pare di essere una persona abbastanza allegra, mi piace ridere, rilassarmi davanti alla TV, chiacchierare con le amiche. Sono curiosa, anche di conoscere posti e gente nuova. Insomma non sono né seria, né musona, ma non sopporto la gente che dice «mi piacerebbe...», «avrei voluto...». «E allora provaci», vorrei rispondere. Non dico che si riesca sempre, ma perché rinunciare? È una cosa che ho imparato a casa, fin da piccola. Ogni scelta ho dovuto conquistarmela e questo mi è servito. Mi piace divertirmi, continuo a guardare in televisione gli sceneggiati polizieschi e altre avventure, non mi tiro indietro se c'è una festa o un momento di relax.

Vengo da una tipica famiglia del Sud, una famiglia unita anche se non molto numerosa. Siamo solo due sorelle: ci vogliamo bene e rispettiamo le tradizioni. Forse non ho avuto tutte le occasioni che hanno le ragazze cresciute nelle grandi città del Nord. Però i miei mi sono sempre venuti incontro ogni volta che ho voluto fare qualcosa di importante. Ho iniziato a lavorare presto, a diciotto anni avevo già un posto fisso. A Cosenza non è una cosa da poco; dalle mie parti chi ha un posto fisso se lo tiene stretto. Ma fare la ragioniera proprio non mi piaceva. Perciò dopo due anni di lavoro come impiegata alla Coop, ho chiesto ai miei se mi aiutavano a riprendere gli studi. Loro mi hanno accontentata a condizione di scegliere una facoltà che non mi obbligasse a vivere troppo lontana da casa, perché per noi sarebbe stato troppo costoso. Così mi sono iscritta a Lettere, a Cosenza. Ci ho messo tanto a decidere e ho iniziato in ritardo, ma una volta fatta la mia scelta mi sono laureata con una tesi in psicopedagogia in meno di quattro anni.

Ho vinto il concorso in Polizia che mancavano pochi esami alla laurea, ma non ho avuto dubbi. Fare la poliziotta era un mio sogno fin da bambina e quando l'occasione si è presentata non ci ho pensato due volte. Era come se tutti i miei desideri si ricomponessero. In fondo anche durante gli anni dell'Università non avevo accantonato la mia vecchia aspirazione. Ciò che studiavo non era che un altro punto di vista per affrontare lo stesso problema, la violenza. Anche quando ho deciso di lasciare il posto alla Coop credo che sotto sotto a spingermi ci fosse quel vecchio sogno di bambina.

Il mio primo incarico è stato alla Polizia ferroviaria. Di quell'esperienza ho un buon ricordo. Ho vissuto in caserma con i colleghi e si è formato tra noi un legame speciale. Nel mio gruppo ero l'unica donna. La mia vita dipendeva da loro, la loro da me. Eravamo giovani e il mio arrivo a Milano ha coinciso con la scoperta di opportunità che neanche immaginavo. Scoprii una libertà che non avevo mai conosciuto. Andavo spesso in discoteca e facevo tutto quello che desideravo. In quel periodo ho conosciuto l'uomo che poi è diventato mio marito. Ricordo con piacere gli anni della caserma: ognuno aveva la sua stanza e i turni ci consentivano di ritrovarci la sera a giocare come ragazzini. A volte tiravamo avanti tutta la notte. C'erano ragazzi che avevo conosciuto ai corsi di formazione e, contrariamente a quello che si potrebbe immaginare, la vita in comune ci ha aiutato a rispettarci di più, a crescere. Non ricordo episodi spiacevoli o imbarazzanti.

Io e le armi

Non mi piacciono le persone che quando vai al bar prima o poi ti fanno vedere di avere addosso la pistola, quelli che cedono alla tentazione di comportarsi da bulli, quelli che si sentono più forti degli altri perché sono armati. Mi capita d'incontrarne di gente così, quando lavoro. Le armi servono a difendersi o a proteggere chi è indifeso. No, non ce l'ho nella borsetta, di solito preferisco non portarla, ma quando so che potrebbe servirmi la tengo sempre addosso, pronta all'uso, e difficilmente sbaglio.

Mio padre faceva la guardia giurata, anche mia madre aveva la pistola per lavoro. Io e mia sorella le abbiamo viste fin da piccole, le loro armi, sapevamo dove le custodivano, non le toccavamo ma non ci facevano paura. Sono nata trentasei anni fa, in un piccolo paese vicino a Cosenza, un posto dove tutti si conoscono, tutti sanno tutto di tutti. Per noi che abitavamo in un paese del Sud, che offre poche occasioni, la pistola era sinonimo di un lavoro sicuro, grazie al quale potevamo vivere decorosamente. La mia è una regione di forte criminalità, per me la pistola voleva anche dire che i miei genitori stavano dalla parte giusta.

Quando la violenza è in casa

Alla Polizia ferroviaria ho imparato molto, soprattutto una solidarietà con i colleghi che in altre professioni non esiste, ma dopo un po' di tempo che mi ero trasferita al Nord, ho capito che se volevo realizzare i miei sogni di bambina dovevo darmi da fare. Così quando ho saputo che c'era la possibilità di partecipare a un corso di aggiornamento sulla violenza in famiglia con magistrati e specialisti, ho fatto domanda per parteciparvi. Non è stato possibile, perché era difficile modificare i turni. Allora ho preso le ferie e ci sono andata a mie spese, nel mio tempo libero. Appena ho potuto ho chiesto il trasferimento alla Squadra Mobile, alla sezione antiviolenza. La risposta non si è fatta attendere: pochi mesi più tardi sono arrivata qui dove ci occupiamo soprattutto di reati all'interno della famiglia. E questo lavoro mi piace davvero.

Ci occupiamo di violenze contro i bambini e anche contro le donne. Negli anni passati c'è stata una grande sensibilizzazione su questo argomento. Adesso le maestre sono attentissime ai disegni, alle frasi dei bambini. E infatti è dalle insegnanti che arriva la maggior parte delle segnalazioni. A noi tocca verificare e trovare le prove, e non è un compito facile. Diciamo che il cinquanta per cento delle segnalazioni nascondono violenze vere. Alcune maestre sono anche troppo sospettose, ma forse è meglio così. Ogni tanto mi capita di riflettere su quanto lavoro passa per il nostro ufficio, e allora mi chiedo se le grandi aree urbane del Nord non siano un po' malate. Forse, invece, qui c'è un meccanismo che consente di smascherare abusi che altrimenti resterebbero nascosti tra le mura di casa. Ogni tanto ripenso al mio paese, così immobile, così lontano.

Un'altra cosa che forse pochi sanno è che le condizioni

sociali non sono il fattore più importante, gli abusi avvengono nelle famiglie povere e in quelle ricche, senza differenza. Certe volte la procura ci passa indagini su fatti vecchi e sono i casi più difficili perché le testimonianze dei bambini sono delicatissime e il loro rapporto con la realtà è particolare. Dopo un anno è raro che si arrivi a qualcosa, sono le prime quarantotto ore quelle decisive. Di solito ascoltiamo i bambini con l'aiuto di uno psicologo, anche se conosco delle colleghe che hanno una capacità straordinaria di comunicare, senza tanti titoli di studio. Riescono a conquistarsi la fiducia dei bambini come nessun altro.

Ci sono bambini che mi chiedono di rivedermi, vogliono il mio numero di telefono, vogliono avere un'amica poliziotta. Non è semplice. È più facile che nasca un rapporto con le madri, se non di amicizia, almeno di stima. Sono donne che hanno avuto il coraggio di denunciare il loro partner, la persona con la quale pensavano di dividere la vita. Sono persone che hanno subito una doppia delusione ma che hanno trovato comunque il coraggio di stare dalla parte dei loro figli. Non è una scelta scontata.

Nel lavoro io ci metto tutta me stessa, ma ogni tanto bisogna porre un limite, stabilire delle regole, altrimenti il lavoro ti mangia la vita, ti toglie lucidità. Cerco di ricordarmi che le indagini, per quanto scrupolose, sono sempre un po' come una partita: a volte hai le carte per vincere, a volte no. Mantenere un distacco fa sempre bene. Anche se un'indagine appassiona, anche se una persona la vorresti vedere in galera, non bisogna mai farsene una malattia. La cosa più importante è tenere la vita privata fuori dalle inchieste, trovare il modo per mettere un po' di distanza tra l'ambiente che siamo costretti a frequentare e le persone che ci sono care. Tra me e mio marito c'è un patto: mai parlare di lavoro a tavola. Ci piace rilassarci a cena con amici e parenti, e ogni tanto uscire. E poi c'è la TV che continua a piacermi molto, come quando ero bambina, mi distrae e mi fa compagnia, quando torno a casa, stanca.

Elisabetta
La camionista che amava Harry Potter

LE DUE DI NOTTE

«Alle due di notte ho conosciuto mio marito: la cosa più bella che mi sia successa nella vita. Lui e i suoi amici non sapevano dove andare e sono approdati in una discoteca. Io ero a cena con un altro gruppo e dopo siamo finiti lì anche noi. Lo conoscevo solo di vista. È cominciato tutto allora.»

Il Tir è enorme, una bestia di quasi diciassette metri. Ma una volta entrati, la cabina del conducente è un luogo accogliente, una vera casa. Elisabetta ricorda una lumaca che si porta appresso la sua storia, la sua casa, con gli oggetti a cui è più affezionata. Appoggiato al centro del cruscotto c'è il gufo di Harry Potter, *un po' come le polene sulla prua delle navi che servivano a portare fortuna e a proteggere i marinai dai pericoli del mare. Il compito del gufo è quello di vedere attraverso la nebbia, di prevedere le possibili distrazioni degli automobilisti, i colpi bassi dei pirati della strada. Vicino al gufo c'è un premio alla migliore camionista. Elisabetta l'ha appeso lì per fare rabbia a quelli che l'avevano ostacolata per anni.*

Ha trentun anni, capelli castani e ondulati, occhi dello

stesso colore. Da otto fa la camionista. Quando era piccola giocava con i furgoncini e le macchinine. Un anno fa si è sposata con Tiziano, anche lui camionista. In comune hanno la passione per il lavoro e per la motocicletta, ma anche un grande senso della famiglia, tanta complicità e voglia di giocare. Sono andati all'altare ognuno con il suo Tir addobbato per l'occasione. E quella è stata l'unica volta che Elisabetta si è seduta sul sedile del passeggero, ma solo perché il suo vestito bianco aveva un strascico di tre metri e non avrebbe potuto guidare. Suo marito rispetta le sue scelte, ma l'ambiente dei camionisti non è facile, le battute grossolane non mancano e spesso Elisabetta preferisce portarsi il cibo da casa, piuttosto che fermarsi lungo la strada a mangiare con gli altri. Ogni mattina si alza alle tre e mezza per affrontare tredici ore di lavoro faticoso, stressante, pericoloso. Un mestiere che si sceglie solo per passione, dice. Ogni settimana cambia percorso, attraversa l'Italia da Sud a Nord.

Con tanta fatica sono riuscita a cominciare, nessuno nella mia famiglia faceva questo lavoro. È stata dura; io dico sempre che per me è stato come scalare l'Everest. Dodici anni fa ho iniziato a fare domanda nel circondario Biellese. Mi rispondevano: «Ma veramente hai la patente?», oppure: «Sei una donna, non ti assumo». Qualche volta ci sono rimasta veramente male. Avrebbero dovuto darmi almeno la possibilità di fare una prova. Invece tanti mi hanno risposto in malo modo. Sono stata molto criticata per le mie scelte, ma sono andata avanti, non mi sono data per vinta: fare la camionista è un pezzo del mio cuore. Io so tutto dei nuovi modelli che escono, adoro andare alle fiere di settore. Non è un lavoro ben pagato per quello che chiede: tante ore, levatacce, un grande rischio, e si guadagna dai 1.200 ai 1.600 euro.

Oggi la forza non serve, ma mi guardano male lo stesso

Otto anni fa una ditta di Biella mi ha finalmente offerto un lavoro. Prima mi ha affidato il camioncino piccolo, sei mesi dopo guidavo il Tir. Passato un anno mi hanno chiesto di guidare il camion col rimorchio. Facevo quattro viaggi al giorno, 820 chilometri, tutti tra Santhià e Milano. È stata la mia gavetta. Quando è così ti devi svegliare per forza. E ogni mattina avevo trenta chilometri in più da fare per arrivare al lavoro da Biella. Adesso sono in un'altra ditta e da cinque anni trasporto la Coca-Cola. In questo ambiente la donna è vista come una cosa strana, sembra sempre che si chiedano: «Cosa ci fa quella lì?» Eppure oggi la merce è tutta pallettizzata e non c'è bisogno di avere una grande forza fisica per fare il camionista. Per me è un combattimento continuo. Come uscire la mattina con il fucile e mettersi a sparare a quasi tutti quelli che incontri. I camionisti sono volgari, pochi ti rispettano o semplicemente riescono a capire perché hai fatto questa scelta. Visto l'andazzo, in genere concedo poca confidenza.

A me piacciono molto i peluche e ci ho personalizzato il mio camion. Ho tre tatuaggi: non li ho fatti per esibizionismo, ma perché mi piacevano. Uno soprattutto, la rosa blu, ha un significato, simboleggia il mio carattere: molto introversa e con la testa dura. Faccio tanta fatica, ma alla fine riesco a raggiungere i miei obiettivi. Il camion è un modo di vivere. Sono socievole, sto bene con la gente, ma sto altrettanto bene da sola. È una mia scelta.

Tiziano, mio marito, lavorava in un'altra ditta di autotrasporti. Mi conosceva di vista. C'è stata una cena, ci siamo incontrati e ci siamo piaciuti. È nata una grande passione e abbiamo deciso di sposarci e di formare una famiglia. È il futuro di ogni persona, almeno per quelli che credono ancora a queste cose. Prima di sposarci abbiamo vissuto insieme, e abbiamo capito di avere tante cose in comune, tante passioni. I suoi genitori sono diventati per me come un'altra mamma e un altro papà.

Dato che è il padrone del mio cuore, volevo che il mio camion fosse presente al matrimonio, come un testimone delle nozze. Il giorno prima ho corso ininterrottamente: la mattina sono andata a ritirare il vestito, a pranzo ho mangiato un boccone e via, ero troppo nervosa. Dopo sembrava che stesse per venire un temporale, ma ho cominciato lo stesso a lavare il mio camion. Tiziano è venuto a darmi una mano. Poi è iniziato a piovere a dirotto e il camion è stato sciacquato dall'acqua piovana. Passato il temporale l'ho asciugato come un bambino e poi l'ho tutto decorato per la festa.

La sera nessuno di noi due ha voluto fare l'addio al celibato, non davamo importanza a quelle cose. Abbiamo trascorso la serata insieme, a parte una scappata in pizzeria con mio padre, le mie sorelle e i genitori di Tiziano. Abbiamo festeggiato aprendo una bottiglia di spumante, mangiando una torta e via. La notte era ancora lunga e tutta per noi. Prima di mezzanotte, io e Tiziano abbiamo preso della vernice e scritto in grande su un lenzuolo BETTY E TEX (le sigle dei nostri due camion) OGGI SPOSI. E di nascosto come dei ragazzini siamo andati vicino alla ferrovia, in una strada dove avremmo dovuto passare il giorno dopo con il camion, e l'abbiamo appeso in alto, dove tutti potessero vederlo, anche i pendolari che ogni mattina prendono il treno per andare a lavorare. Quel lenzuolo è rimasto lì per due mesi.

Il giorno del matrimonio ho pianto. Era come avere raggiunto da sola il mio traguardo, come uno sportivo alle Olimpiadi. A Gaglianico, il paese dove mi sono sposata non era mai successo che gli sposi si presentassero in chiesa con il camion (il mio era bianco, il suo rosso). In passato qualcuno si era sposato a cavallo, altri in Vespa, ma con i Tir mai. Anche il prete è rimasto sorpreso e tutto il paese era lì a guardarci. Per la prima volta non ho potuto guidare il mio camion e mi sono fatta accompagnare: il problema non era tanto lo strascico, che mi ero arrotolato in vita per potermi arrampicare nella cabina, ma il cerchio che serviva a gonfiare il vestito e con il quale non riuscivo più a muovermi, una volta sul sedile. Mio padre mi ha accompagnato all'altare, sembrava un bambino, era commosso, confuso, felice, sorpreso.

Quando siamo usciti dalla chiesa io e Tiziano siamo stati bombardati non solo dai chicchi di riso ma anche da una pioggia di petali di rosa, bianchi, rosa, arancione. Una sorpresa di mia sorella, che lavora come fiorista. Anche il viaggio di nozze alle Canarie è stato indimenticabile: l'inizio della mia nuova vita. Grazie al camion avevo girato un po' Francia e Germania, ma fino a trentun anni non avevo mai preso l'aereo. Che emozione vedere per la prima volta l'oceano!

Il passato, il futuro

Mio padre per tutta la vita ha fatto il demolitore. Quando una macchina era vecchia la portavano da lui. Mia mamma era operaia in fabbrica. Ho tre sorelle, una, come ho detto, fa la fiorista, l'altra lavora in un supermercato, la piccola ancora non fa niente, ha tredici anni meno di me. Da bambina ero un po' una peste. All'asilo ho battuto tutti i record, sono riuscita a farmi cacciare dalle suore in una settimana e così i miei mi hanno lasciato dalla nonna. Il nonno mi correva dietro con la scopa. C'erano altri bambini nel cortile ma chi decideva i giochi da farsi ero io. Mia nonna era una tosta, di origine emiliana. Mi piacevano da morire i suoi risotti. Mi ricordo molto bene quando faceva la pasta: da una sfoglia gigantesca tirava fuori quei ravioli minuscoli e buonissimi. È stata lei a insegnarmi come farmi rispettare. Di mia madre non parlo volentieri. Sono cresciuta da sola e con lei non ho mai avuto una grande confidenza. Mi ha sempre dato l'idea di una persona che non sapeva vivere, o gestire la sua vita. Non mi ha mai dato un consiglio, mai. Uscita dal collegio a diciotto anni, e conosciuto mio padre, è rimasta incinta di me e si è sposata. Non era pronta, e si portava dietro un vuoto enorme, del mondo non sapeva niente. Mio padre era molto rigido e retrogrado e questo non ha facilitato le cose.

Io ho dovuto crescere in fretta. Quando avevo otto anni è nata la mia sorellina Elena. E in sostanza ho cominciato a stare a casa da sola ad accudirla. La nonna era nelle vicinanze ma curavo io la casa, me la dovevo cavare. Poi sono nate le altre sorelle e dopo la scuola mi dovevo occupare anche di loro. A volte quando guardo indietro capisco perché preferivo giocare con i camioncini: era un piacere. Mentre giocare con le bambole non aveva senso: badavo già a tre sorelle e, per quanto le amassi, cambiarle e dar loro da mangiare non era un gioco. Ma forse amo i camion perché quando ero piccola, d'estate, mi divertivo ad andare al lavoro insieme a mio padre. Mi dava da smontare i fanalini, trafficavo con tutto. Ero portata per i lavori da uomo. Finita la terza media non ne volevo più sapere di andare a scuola e così a quattordici anni ho cominciato a lavorare nel maglificio. Ci sono rimasta per otto anni, ma solo perché dovevo lavorare. Grazie a quel lavoro sono riuscita a comprarmi una moto, che è un'altra delle mie passioni.

Quando ho compiuto ventidue anni, i miei genitori si sono separati. Le due sorelle minori sono andate a vivere con mia madre e io ed Elena siamo rimaste con mio padre. Adesso si azzannano ancora più di prima. Mio padre non si è più ripreso. È un orso, con il suo carattere e le sue idee rigide, ma è buono. Però a cinquantasette anni non cambierà più. Ha cercato una riconciliazione per ben nove anni, ma mia madre non ne ha più voluto sapere.

Voglio avere un figlio, e mi piacerebbe continuare a guidare il camion. Non potrò più fare dodici, tredici ore al giorno, ma se mi lasceranno farne otto potrò continuare. Tiziano ha cominciato a lavorare nella mia stessa ditta. Nel Biellese l'industria tessile è in grave crisi, e perfino nei trasporti la situazione sta cambiando. La concorrenza è spietata e i titolari devono tagliare il più possibile i costi. Anche per noi che facciamo i semplici camionisti non sarà facile. Ma questa è e rimane la mia scelta di vita.

Rita
La portinaia che faceva jogging

LE TRE DI NOTTE

«Era la mia alzata, lo è stata per trentadue anni. Bevevo il caffè e poi mentre tutti dormivano andavo a pulire le scale piano, per non svegliare nessuno. Così per le sette avevo fatto una buona parte del lavoro, messo i sacchi dell'immondizia fuori, pulito il marciapiede e potevo occuparmi delle mie tre figlie, del marito, del cane, del coniglio, dei vecchietti, della posta, di chi entrava e di chi usciva, sempre con il mio uncinetto in mano. La domenica scappavamo fuori città e andavamo finalmente a correre in campagna: la mia grande passione.»

Rita è una signora alta, capelli a caschetto, aria severa ma occhi sorridenti. Per trent'anni è stata quasi un'istituzione di un vecchio cortile milanese, un punto di riferimento e di conforto. Da poco è andata in pensione. Se c'erano delle crisi domestiche alcune mediazioni passavano da lei, le persone sole non lo erano più e i vecchi si ritrovavano sempre con un pasto caldo. Anche i giovani, i più spavaldi erano come intimoriti dal suo sguardo penetrante. Non ha mai dimenticato il compleanno di un bambino e quando la domenica raccoglieva le castagne, il lunedì te ne portava sempre un sacchetto. La sua era una saggezza contadina, e tutti, a turno, si sedevano nella sua portineria come se fosse stata la stanza dello psicanalista. Le sere d'estate il cortile si animava, c'erano tutti: ricchi e poveri, vecchi e bambini. E a tenere le fila con la sua simpatia e il suo gigantesco coniglio bianco c'era Rita. Al suo posto è subentrata una signora filippina e i nuovi inquilini non sanno neanche come si chiama il vicino della porta accanto. Per trent'anni quel cortile era rimasto un'isola felice, umana. Tra qualche anno non ce ne sarà più traccia: i contratti di locazione sono scaduti e a nessuno sono stati rinnovati. I prezzi di vendita sono irraggiungibili per quei vecchietti, per il falegname e le famiglie che a mala pena campano con due stipendi.

Sono veneta, del Bellunese. Mia madre ha allevato quattro figlie, mio padre era emigrato in Belgio, a Marcinelles, a fare il minatore. E così siamo cresciute in campagna, da sole. Vedevamo papà soltanto una volta all'anno. Mia madre ci ha tirato su a suon di sberle. Ci faceva sgobbare, esattamente come faceva lei. C'era la mucca da accudire, il fieno da tagliare. Neppure lei ha avuto una vita facile e non è mai riuscita a riunire la sua famiglia. A undici anni ho finito la scuola e a tredici ho cominciato a lavorare come cameriera. I soldi li dovevamo mandare a casa, non solo per fare vivere i nonni e le sorelle ma anche da tenere da parte per quando ci saremmo sposate. Non avevamo confidenza con mio padre perché lo vedevamo poco. Gli davamo del voi, fino a quando lui ci ha detto: «La prima volta che mi date ancora del voi vi do due sberloni». Allora, per paura, abbiamo cominciato a dargli del tu. A sedici anni ho perso mia madre e con lei la speranza che la famiglia fosse un giorno riunita sotto lo stesso tetto. Lo stesso anno mio padre è andato a lavorare in Svizzera. Costruivano i viadotti ed è lì che, anni dopo, ha avuto l'incidente. I sassi gli hanno schiacciato il torace, ha avuto un'emorragia interna ed è morto.

A Belluno non si trovava lavoro e così io e mia sorella maggiore siamo andate a Como, a fare le cameriere. Tornavamo a casa una volta all'anno, e anche allora bisognava aiutare i nonni. Le mie sorelle più piccole avevano solo otto e dodici anni. Si tagliava la legna per l'inverno e il fieno, poi si prendevano le valigie e si tornava a lavorare.

Angelo l'ho conosciuto a Cortina, dove ero andata a lavorare dopo Como, per essere un po' più vicina a casa. Faceva il commesso e ci trovavamo la domenica pomeriggio. Avevo tre ore di libertà. Abbiamo cominciato a uscire a gennaio e a maggio eravamo già sposati. A quei tempi non si poteva convivere, avere il tempo di conoscersi, non si usava. Lui era andato dai nonni a chiedere la mia mano. Il suo primo regalo è stato una bambola. Sapeva che la guardavo affascinata ogni volta che passavamo davanti alla vetrina, non era solo un capriccio. Da piccola, fino all'età di sette anni non ho avuto bambole, non ce le potevamo permettere. Poi me ne hanno dato una usata, che era stata di un'altra bambina, ma mia sorella per vedere come funzionava l'aveva smantellata tutta e a me era rimasta quella voglia infantile. Ho cominciato a collezionare le bambole da grande come se avessi voluto riprendermi una parte della mia infanzia.

All'epoca del matrimonio non avevamo soldi. Ci siamo sposati, abbiamo fatto appena un rinfresco e subito dopo siamo partiti in pullman per la Svizzera a trovare mio padre, che non conosceva ancora Angelo e non era potuto venire al matrimonio. Quando siamo arrivati a Berna mio padre era a letto. Lui e i suoi colleghi dormivano in una baracca, in un'altra cucinavano. Ci ha trovato un posto dove stare e ci ha detto che ci sarebbe venuto a trovare la mattina dopo; era felice come una pasqua. La mattina però non l'abbiamo visto arrivare, allora siamo andati noi a cercarlo. Era ancora in branda perché si era preso una ciucca dalla contentezza. Ha perso tre giorni di lavoro per venire in giro con noi. Poi siamo tornati nel Bellunese.

Una contadina in città

Quando Paola, mia figlia, ha compiuto due anni siamo andati a vivere a Milano. Nel palazzo dove avevamo una stanza in affitto il portinaio è venuto a mancare e così ho preso il suo posto. Angelo, invece, è diventato il bidello della scuola del quartiere. In quel cortile ho trascorso trentadue anni della mia vita, tutta la gioventù e un pezzo di vecchiaia.

C'era un grande affiatamento e in portineria non ero mai sola. Ci si aiutava a vicenda. Quando qualcuno andava a fare la spesa mi chiedeva se avevo bisogno di qualcosa. Ero diventata un punto di riferimento. Cucinavo per chi non poteva alzarsi dal letto oppure seguivo Elisa, la vecchietta che camminava sul marciapiede della nostra via e con il suo bastone tirava su le cicche, i pezzi di carta, i biglietti. Non parlava con nessuno, passava tutto il giorno così, nella più totale solitudine. I suoi figli si erano fatti la loro vita, non venivano quasi mai. Anche a Elisa facevo da mangiare, la spesa, controllavo che tornasse a casa.

In quella minuscola portineria ho cresciuto le mie tre figlie. È in quel periodo della mia vita che ho cominciato a correre e ad allenarmi con Angelo, ogni domenica. Abbiamo fatto un po' di tutto, corse campestri e cittadine; era diventata la mia, la nostra grande passione. Purtroppo non potevo allenarmi durante la settimana, ma la domenica era liberatoria. Era anche un modo di visitare l'Italia, di corsa in corsa. A volte venivano anche le bambine, e con il tempo insieme a loro, abbiamo vinto le grolle per la famiglia. Abbiamo partecipato a tante gare e abbiamo vinto un po' di coppe anche in Valle d'Aosta. Le mie figlie sono cresciute così, tra la portineria, il cortile pieno di bambini e gli allenamenti nelle strade di campagna. Non ho dato loro niente di superfluo perché non si poteva. Da quando hanno avuto quattordici anni, dopo la scuola hanno fatto le babysitter, o accudivano gli anziani, e così hanno guadagnato abbastanza da potersi comprare qualcosa.

Hanno studiato ma non hanno trovato un lavoro che avesse qualcosa a che fare con i loro studi. Non c'è molto da scegliere quando devi sopravvivere. Hanno fatto il lavoro che hanno trovato. Le mie figlie non hanno voluto sposarsi, convivono. Anche Paola che ha avuto un bambino con il suo compagno sta bene così. Io sopporto Angelo da trentanove anni. Adesso, che siamo in pensione, siamo tornati alle nostre radici: la campagna, e si sta bene. Non ho tanti sogni, neanche quello di andare in giro. Soltanto tirare su un pezzo di casa, quello mi è rimasto nel cuore, perché dove stiamo ora è piccolo. Ma non abbiamo potuto. Per noi due va bene ma se arrivano le figlie non ci stanno. Qui non è come in città dove nessuno sa più chi gli vive accanto, in campagna le vicine, se fanno gli gnocchi o la polenta, me ne portano un po'. Un'altra vicina ha un pollaio e non mi mancano mai le uova. Non ho la sensazione di essere isolata. Qui ognuno si fa in quattro per gli altri.

Ogni mattina mi sveglio e guardo tutta la vallata, la vista è bellissima. Preparo le marmellate con le ciliegie e le albicocche. Adesso che potrei correre tutti i giorni non ci riesco più, ma le belle passeggiate insieme al mio cane sono diventate la mia nuova passione. Cosa potrei chiedere di più?

Marta
L'ostetrica delle nevi

Le quattro del mattino

«È l'ora in cui sono nata. È l'ora in cui si svegliavano
tutti e due i miei bambini per essere allattati. A volte
tornavo dai parti all'alba perché i bambini nascono di notte.
Alle quattro ho incontrato due cervi sulla strada deserta,
c'era ancora la neve, una luce azzurra e un momento magico.
L'anno scorso è nata la prima bambina in questa casa
maternità e la mamma mi aveva detto: "Guarda
che se è femmina la chiamerò Marta, ma non perché sarai tu
l'ostetrica, ho già deciso". Si è messa in travaglio
il 24 febbraio, il giorno in cui sono nata io, la bambina
è nata alla mia stessa ora, le quattro del mattino,
e si chiama come me.»

Avevamo appuntamento con lei alle otto e venti del mattino. Non l'avevamo mai vista prima e ci aveva consigliato di chiamarla una volta arrivate nel paesino fuori Varese, perché arrivare fino a casa sua era complicato. Siamo entrate nell'unico negozio aperto. Qualche secondo dopo è arrivata una donna, poteva avere quarantotto, cinquant'anni, capelli un po' castani, un po' bianchi, sguardo deciso, vestita con una gonna viola molto anni Sessanta. Ci ha incuriosito. Poi siamo tornate alla macchina, abbiamo chiamato Marta e quando ci è venuta incontro nella piazza del paesino abbiamo visto arrivare la donna dalla gonna viola, occhi simpatici, un gioioso sorriso in faccia.

Ho sempre amato lavorare di notte e ho una piccola civetta di legno alla mia finestra. Una volta, da giovane, ho visitato un monastero e lì ho letto che le persone che vivono, pregano o lavorano di notte vivono una dimensione diversa rispetto a quella della gente comune. Di notte scopri il silenzio, la natura, gli odori sono più intensi. Fare l'ostetrica non è soltanto una professione, è un modo di vivere. Non è un lavoro normale nel quale timbri il cartellino. So quando esco di casa ma non so quando tornerò perché un parto può durare anche ventiquattro ore. Mio marito, quando me ne vado, si arrabbia perché sente che in quel momento non c'è niente che può fermarmi. Il fatto di assistere un parto, di essere completamente lì, di non potere andare da nessun'altra parte è liberatorio. È un'esperienza di concentrazione assoluta, quasi spirituale. La nascita di un bambino richiede un'attenzione totale e quando sei distratto da qualcosa o se hai altri pensieri non puoi fare bene il tuo lavoro. Il parto ricarica anche me; si dice che le ostetriche vivono a lungo perché immagazzinano l'energia dei bambini che fanno nascere. Quando torni da un parto bello come, per fortuna, sono la maggior parte di quelli a cui ho assistito, torni che sei un'altra: sei diversa, sei nuova, piena di energia. Hai voglia di uscire, di festeggiare. Poi porti un dolce al neonato perché c'è un senso di festa.

Prima di sposarmi, di avere figli miei, avevo già fatto questo lavoro per molti anni. Dopo avere colto la pienezza di questo amore così forte della coppia e del bambino, dopo aver sentito quello che può rappresentare la famiglia, tornavo a casa da sola. È una cosa che può essere molto dura; so che molte ostetriche hanno smesso perché il lavoro le portava a fare paragoni con la propria vita, paragoni che possono anche far male, come trovarsi ogni volta di fronte a qualcosa di molto profondo, di molto bello che però appartiene agli altri. All'inizio c'è euforia, ma ogni volta ritorni nella tua realtà e ti confronti di nuovo con te stessa. Per un certo periodo della mia vita mi hanno chiamata l'«ostetrica delle nevi». Le montagne, la neve, l'aria fredda, le albe e soprattutto la magia della luce sono state le mie compagne di viaggio. Un viaggio iniziato a venticinque anni.

Giovane e incosciente

Ero partita da Varese da sola con la Cinquecento e sono arrivata a Livigno senza sapere cosa sarebbe diventata la mia vita. Volevo far partorire le donne in casa. Mi rassicurava l'idea che in fondo sarei stata lì per tre mesi. Invece sono rimasta sei anni. Per molto tempo nessuno si era candidato per quel posto. Sicuramente si trattava di un lavoro duro, senza orari e mal pagato. Ma per me era come iniziare un'avventura. Finalmente sola e libera: una sfida per diventare grande. Quando sono arrivata, le donne del posto mi hanno preso sul serio: se avevo accettato dovevo avere le spalle larghe, e il loro sguardo, la loro fiducia in me mi hanno cambiata. Non ero più la donna dai tanti dubbi e dalle mille incertezze. I problemi li dovevo risolvere da sola e non c'era nessuno che lo potesse fare per me.

Dopo qualche settimana ho assistito al primo parto in casa. La donna mi aveva sottoposto a sua madre e a sua nonna, perché in quelle zone vigeva ancora il matriarcato. Lei aveva detto: «Mi sembra giovane, ma capace...» Quando va tutto bene le mamme ti chiamano a ogni compleanno, come per un rito, e tu diventi parte della famiglia. Mi ricordo di una donna che era già nel travaglio quando sono arrivata e come mi ha visto è scoppiata a piangere, come liberandosi dalla paura di non farcela, dalla paura di partorire. È come se le donne dovessero aprire molte porte interiori per arrivare alla maternità. In quel caso il pianto era una richiesta di aiuto, un bisogno di appoggio totale. Dopo due ore e mezza è nato suo figlio.

Di molte mamme sono diventata amica, ma ci sono state anche situazioni difficili. Soprattutto quella di una bambina che si chiamava Daniela. Il parto era stato bello e facile e per otto giorni ho seguito la piccola da vicino. Improvvisamente la mamma mi ha chiamato dicendo che la bambina stava male, era diventata pallida. Sono andata di corsa portando anche il medico, ma la bambina stava già morendo. C'era una malformazione cardiaca, non diagnosticata dal pediatra alla nascita, e la bambina non ce l'ha fatta. Ne è sorta un'intimità particolare con la madre e il padre, che era travolto dal dolore. Anche il resto del paese è stato loro molto vicino. La morte, lì, poteva essere accettata: la bambina è stata vestita e poi messa sul letto in camera. Tutto il paese è andato a visitarli. Nonostante il dolore, la donna mi ha raccontato di come quella settimana insieme a sua figlia fosse stata meravigliosa.

A volte ricevevo delle chiamate di persone che non conoscevo, che vivevano in piccole frazioni isolate. Mi ricordo una volta, in un posto sperduto, una ragazza giovane stava per partorire sul suo letto. L'ambiente intorno era pieno di silenzio, di tensione e di rabbia. La madre e il padre della ragazza stavano in un angolo della stanza, con la faccia della tragedia di fronte a quella nascita. Non c'era gioia, non c'era commozione, non c'era accoglienza per la bambina che doveva nascere. Il primo impulso è stato di accompagnarle in ospedale, anche se la bambina era nata e stava bene, per poter proteggere entrambe da quel clima di intolleranza. Avevo anche paura che sarebbe potuto succedere qualcosa di brutto. Anni dopo quella ragazza mi ha rintracciata per ringraziarmi. Era una ragazza madre, non si sapeva chi fosse il padre. Ma in quella zona l'incesto era una cosa che poteva accadere.

Livigno è a milleottocento metri di altitudine, su un altopiano, sembra di essere in Tibet e infatti lo chiamano piccolo Tibet. C'è la neve per nove mesi l'anno, un cielo azzurro intenso. Gli abitanti sono molto chiusi ma anche pronti ad aprirsi dopo averti giudicato. Mi ricordo le notti in piedi ad aspettare che un bambino nascesse, nelle baite isolate, dove non c'era la strada e bisognava camminare al buio, illuminando con la torcia i propri passi che sprofondavano nella neve altissima. Temperatura: meno trenta gradi. A volte, dove era tropppo difficile, mi accompagnava l'ambulanza. Abbiamo fatto persino dei percorsi che l'ANAS aveva chiuso per rischio di slavine. Qualche volta era necessario l'elicottero, come nel caso dei bambini che nascevano prematuri e che dovevamo portare fino a Lecco. Livigno è come un'isola con dogane dappertutto. Un'isola felice, dove le persone stanno bene, ma la sensazione, quando vivi lì, è che il mondo esterno si sia allontanato completamente.

Varese, la città dove sono nata, sembrava lontana, come anche le mie quattro sorelle, la mia infanzia felice e protetta in una casa aperta e sempre piena di amici e di ospiti. Io ero la seconda. Ho vissuto in un ambiente femminile e ho scelto di lavorare per le donne.

Vivo da sola da quando ho diciannove anni. All'epoca i miei hanno deciso di trasferirsi e di andare a vivere in campagna, a Urbino, mentre io e mia sorella siamo rimaste a Varese. Studiavo filosofia all'università e lavoravo come educatrice di ragazzi handicappati a Busto Arsizio. Nelle nostre riunioni veniva sempre fuori che questi ragazzi avevano avuto problemi durante il parto. Quello che mi ha portato in definitiva a fare l'ostetrica è stato un libro di Frédérick Leboyer, intitolato *Per una nascita senza violenza*. Avevo ventidue anni e in un pomeriggio l'ho letto tutto e ho deciso che quella era la mia strada. Volevo assistere dei bambini in quel modo particolare. Mi sono laureata e sono andata a Firenze alla scuola per ostetriche. Era molto tradizionale, ma l'importante era avere il diploma per poi dedicarmi a metodi più moderni. Avevo una visione romantica del parto e invece si tratta di una realtà dura e faticosa.

La prima volta che ho fatto un prelievo di sangue sono svenuta. Era il primo giorno di scuola e tutti hanno pensato: ragazzina è meglio che torni da dove sei venuta. Ma ho tenuto duro e ho superato le mie paure.

Sapevo che non volevo lavorare in ospedale e così, dopo un anno di pratica, sono approdata a Livigno. La mia vita sentimentale era travagliata e andare lontano era quello che mi ci voleva. Tra quelle montagne innevate le donne erano abituate a cavarsela da sole o a chiedere aiuto solo all'ultimo momento. Spesso di notte qualcuno bussava alla mia porta: era qualche marito che veniva a cercarmi per chiedere aiuto. All'inizio quei colpi alla porta mi spaventavano, vivevo da sola ed ero ancora molto giovane. Poi mi sono abituata. Spesso i travagli cominciavano nel cuore della notte e bisognava muoversi con il freddo e la tormenta. Erano donne che avevano sempre dovuto tirar avanti da sole, che non erano abituate a chiedere aiuto. E vedersi arrivare un'ostetrica che era anche una amica, per molte di loro è stato una esperienza bella e rassicurante.

Una casa maternità per tutte le donne

Dopo sei anni in qualche modo quella fase della mia vita si è chiusa. Era finita una storia sentimentale per me importante e sono tornata nella mia città con le spalle molto più larghe. Per sei anni mi ero tuffata nella vita reale senza esitazioni. Agli occhi di tutti ero diventata grande, sapevo fare il mio lavoro e spesso venivano a cercarmi per partorire e per chiedermi consiglio. Forse non è un caso che al ritorno abbia incontrato Giorgio e abbia deciso di formare una famiglia mia. Aspettavo Viola, la primogenita, e volevo farla nascere come avevo letto in quel libro che aveva segnato la mia vita. Invece è andata molto diversamente e questo mi ha provocato una grande crisi. Mia madre ha avuto cinque figlie senza problemi, io ho assistito tanti parti spontanei. Davo per scontato che c'è l'avrei fatta anch'io e invece Viola è nata con un parto cesareo: la cosa peggiore che potesse capitarmi. Ho fatto ore e ore di travaglio a casa, con un'ostetrica di Milano, ma la testina non scendeva (la bambina era di tre chili e ottocento grammi). Per me è stato uno smacco totale. Adesso l'ho superato ma è stata una esperienza molto dura perché mi sono sentita incapace di fare quello che tutte le altre donne potevano fare. Ho dovuto accettare il fatto che a volte non tutto va come vorremmo e che la natura segue un percorso diverso da quello che ci si aspetta. Per fortuna in ospedale ho avuto sempre la bambina con me nella stanza. Sono stata la prima donna a Varese che ha avuto il bambino in camera ventiquattro ore su ventiquattro nonostante il cesareo. Se non me l'avessero lasciata sarei uscita dall'ospedale subito.

Da poco al piano di sotto della nostra abitazione ho creato una casa maternità dove le mie pazienti possono partorire e rimanere tutto il tempo che desiderano. Ho fatto in modo di rispettare la privacy sia delle partorienti che dei miei figli e di mio marito, che non devono sentire nulla. Ma spesso durante il soggiorno della neomamma si crea un rapporto anche con la mia famiglia. I bambini ogni tanto vanno a salutarla, a parlare con lei, poi quando il bambino è nato anche loro gioiscono dell'accaduto.

Sono una persona determinata e mi sento aiutata dalla fortuna, dal caso. Ed è un po' il filo conduttore della mia vita. Per esempio ho avuto la fortuna di incontrare Leboyer e di diventare sua amica. Forse è perché cerco di vivere la vita fino in fondo, di fare le cose in cui credo, senza tanti compromessi. Tento di essere sempre in sintonia con quello che voglio e che provo. Cerco di essere sincera con me stessa, ma a volte è difficile da portare avanti. Fare l'ostetrica lo vedo come un privilegio: per accogliere un bambino che viene al mondo, devi comunque essere disponibile. In questi anni mi sono resa conto che le donne sono cambiate, hanno bisogno di molto più sostegno per la nascita naturale. Mentre a Livigno la donna era autonoma, e mi chiamavano quando stava per partorire, qui le donne hanno bisogno di molto più aiuto, di molto sostegno psicologico già in gravidanza. Nell'antico Giappone le ostetriche avevano una stanza per il parto nelle loro case, un po' come la nostra casa maternità.

Nella mia vita c'è stata una certa continuità. Faccio parte di un gruppo di ostetriche molto attive in Italia e non mi sento sola. Avere dei bambini miei mi ha molto cambiata. Anche il fatto di avere un uomo, la dimensione famigliare. Mi sembra che la grande tensione che c'è nel mondo, influenzi anche le nascite. Dopo anni in cui le richieste erano sempre di più, stanno diminuendo i parti in casa, non per la paura che qualcosa non funzioni, ma perché molte donne non se lo possono permettere. In ospedale è tutto gratis, un parto a casa se lo deve pagare la paziente. La mia lotta la porto avanti perché penso sia un diritto della donna quello di scegliere come mettere al mondo il suo bambino. Gli anni sono passati. Prima avevo la stessa età delle partorienti. Oggi mi vedono più come una figura materna da cui vogliono essere avvolte, tranquillizzate, aiutate passo per passo.

Anna
La casellante con il piercing

Le cinque del mattino

«Avevo ventisei anni e, all'improvviso, verso le cinque del mattino, ho visto tutto chiaro. Me ne sono andata di casa, lasciandomi tutto alle spalle.»

Vi siete mai chiesti com'è la vita di quelle persone rinchiuse in pochi metri quadrati che vi danno il resto del pedaggio al casello dell'autostrada? Ormai sono quasi tutti automatizzati, non dev'essere allegro essere una semplice alternativa a una macchina. Forse è per questo che gli sguardi che incroci al casello non sono quasi mai disponibili. Anna, invece, aveva uno sguardo che sognava. Come dire che era lì ma con la testa chi sa dove si trovava. Aveva dei begli occhi con cui si poteva entrare in contatto. Era giovane e aveva un piercing.

Sia che nevichi o si muoia dal caldo io alle sei del mattino sono lì, in mezzo alla strada, nella mia piccola cabina grigia, al casello di entrata, o uscita, per Milano.

Alle otto il traffico è nel caos più totale, auto in coda,

gente nervosa, pronta a scannarsi per qualche metro in più. Io sto ferma, guardo la scena e mi domando dov'è che corrono. Mi chiedo se la loro vita abbia più senso della mia. Me lo chiedo da tredici anni, da quando sono venuta qui a lavorare, e ancora non ho una risposta. Dove vado io non lo so, sto seduta a dare il resto a gente distratta, che non mi vede neanche. Per loro sono poco più di una macchina mangia soldi. Ma anche se sto ferma volo lontano, nessuno e niente mi disturba, né il rumore, né lo smog. So che non rimarrò qui per sempre, sogno la fuga, sogno un'altra vita. A volte lavoro a un tale ritmo che non ho il tempo di guardare gli automobilisti in faccia, è snervante, una vera catena di montaggio.

Ogni mattina, quasi fosse un rituale di sopravvivenza, porto alcuni oggetti con me: una radio, una rivista e dell'incenso. Questo è il mio piccolo mondo, tutto ciò che mi consentono di portarmi appresso. Quando arriva la sera, prima di andarmene, richiudo tutto in un armadietto perché il giorno dopo non so in quale casello sarò. Appena esco e mi chiudo la porta alle spalle la mia cabina torna a essere un posto anonimo.

Mi chiamo Anna, ho 35 anni, un piercing sulle sopracciglia. Lavoro qui da un'eternità. Per sei anni ho avuto un contratto da stagionale, fino a che, sette anni fa, mi hanno assunta. Faccio i turni dalle sei del mattino alle due del pomeriggio, dalle due alle dieci di sera, o dalle dieci di sera alle sei del mattino. I turni sono pesanti, perché sballano un po' la vita, ti impediscono di avere qualcosa di regolare.

Diventa difficile persino farsi gli amici.

Il mio più grosso rimpianto è di non avere studiato oltre la terza media. Ho cominciato a lavorare a sedici anni. All'inizio lavoretti saltuari, poi la barista e l'impiegata in un ufficio. Vengo da una famiglia operaia di Melegnano, periferia milanese, e sono la quarta di cinque fratelli. Per i miei non è stato facile tirarci su. Erano sempre al lavoro, eppure non guadagnavano mai abbastanza. Siamo cresciuti un po' con la nonna, un po' dai vicini e in gran parte da soli. Eppure me lo ricordo come un periodo felice, ci volevamo molto bene e la nostra cameretta a cinque letti era il nostro castello. Giocavamo e ci divertivamo con poco. Mio padre non aveva l'automobile, giravamo sempre con i mezzi pubblici. Sembravamo l'armata Brancaleone, quando prendevamo l'autobus per andare a visitare la nonna materna in centro, una delle rare occasioni in cui si usciva dal quartiere.

L'estate era la mia stagione preferita. I miei venivano dalla Puglia e grazie a uno zio riuscivamo a rimediare un'automobile per tornare al paese. Mi ricordo che quando si arrivava e si pagava il casellante, per me significava avere accesso al mare, al sole, alle vacanze. Il casello dell'autostrada segnava l'inizio di un bel periodo di libertà. Oggi la vedo diversamente. È un lavoro noioso, un po' alienante, però mi lascia il tempo di pensare, di sognare.

Dai tre ai cinque anni ho vissuto con i genitori di mio padre, in Puglia, a Vico del Gargano. Mia madre stava passando un periodo difficile e non ce la faceva a tirarci su tutti. I miei nonni erano contadini, e all'epoca in casa non c'erano né le fognature, né l'acqua corrente. Mio nonno mi aveva comprato un bidoncino e ogni mattina lo accompagnavo con l'asinello a prendere l'acqua dall'autobotte. Quando sono tornata dalla mia famiglia, a Melegnano, all'inizio mi sembravano degli estranei. Poi avevo così paura di essere abbandonata che non mi potevano lasciare sola. All'asilo ero terrorizzata che non venissero più a prendermi.

Oltre alla scuola, rimprovero i miei di non avermi fatto proseguire con l'atletica. Ma allora non potevano permettersi di comprarmi neanche le scarpe da corsa e non c'era nessuno che poteva accompagnarmi e venirmi a prendere.

Dietro ogni automatismo c'è una persona

A ventisei anni me ne sono andata di casa. La sera prima ero uscita ed ero tornata alle cinque del mattino. Mi sono ritrovata lì, nella mia stanzettina, mi sentivo stretta, soffocavo. Avevo bisogno di fare qualcosa, di camminare con le mie gambe, di prendermi delle responsabilità. Di allontanarmi da quella casa e da quella famiglia. Di dire: adesso decido io cosa è bene e cosa è male per me. Quando ho guadagnato un po' di soldi sono andata in Brasile. Era la prima volta che uscivo dall'Italia, che sentivo un'altra lingua, che vedevo altri colori. È stato una grande emozione che mi ha trasmesso la voglia di scoprire il mondo, di fare altri viaggi. Mia madre non è mai riuscita a viaggiare all'estero. Non si è mai mossa: Milano, Puglia e basta. Insomma è andata così.

In questi tredici anni che ho passato al casello mi sono un po' indurita. Qui se ne vedono di tutti i colori. Dal camionista che si tira giù i pantaloni e ti fa vedere il suo coso, alle coppie di esibizionisti, lui arrapato, lei con le tette di fuori. Poi ci sono gli insulti, le rapine. Ogni tanto trovi una persona gentile che non rivedrai mai più. Ma per la maggior parte degli automobilisti non sei niente e nessuno. Forse potrei trovare un lavoro in un ufficio, ma credo che avere sempre qualcuno con il fiato sul collo sarebbe ancora peggio. Nella mia piccola prigione in fondo mi lasciano in pace.

Da un anno e mezzo faccio un po' di volontariato nell'associazione culturale dell'ex ospedale Paolo Pini. Aiuto a organizzare mostre e concerti. Molto tempo libero lo passo anche al cinema: ho preso l'abitudine di andarci da sola, quando finisco presto il mio turno. Mi mancano ancora un po' di rate per pagare il mutuo del mio monolocale, ma forse un giorno lo venderò per aprire un piccolo agriturismo al Sud, in campagna. O forse, se i miei sogni non dovessero realizzarsi, potrò sempre chiedere il trasferimento a quel casello in Puglia dove da piccola, dopo avere pagato il pedaggio, mi si apriva davanti una stagione di mare, di sole, di libertà.

A volte, quando sono un po' depressa, cerco di convincermi che la mia vita non è poi così male. Quando ho tentato di fare un corso di yoga, arrivavo così stressata dopo le code in autostrada che diventava impossibile rilassarsi. Io non ho potuto studiare, ma anche quei miei colleghi che hanno preso una laurea non stanno molto meglio. La mia amica è un'artista, ha fatto l'accademia di Brera ed eccola lì, in mezzo all'autostrada. Vorrebbe avere un figlio, ha quasi quarant'anni, ma non se lo può permettere, non può decidere niente della sua vita perché è stagionale e vive sempre con l'angoscia di sapere se sarà richiamata o no. E come lei molti altri che hanno un titolo di studio. Certe volte mi chiedo cosa succederà con i caselli automatici, ma poi mi dico che dietro ogni automatismo c'è sempre una persona. Non saremo più presenti lì, nelle cabine, ma qualcuno che poi faccia andare il sistema servirà sempre. Io, in ogni caso, sono aperta a tutto quello che verrà.

Marilena
Un corpo scomodo

LE SEI DEL MATTINO

«Ho sognato la morte di mio nonno (è successo quand'ero bambina). È disteso sul divano, con tutta la famiglia intorno. Improvvisamente si volta, mi dà un colpetto affettuoso sulla testa e mi dice: "Lo sai che le famiglie sono eterne". Dopo quel sogno la mia vita è cambiata, mi ha fatto capire che quello che facciamo in qualche modo rimane: prima la vita mi faceva paura. Oltre a questa rinascita le sei del mattino segnano la mia nascita, venticinque anni fa.»

La prima volta che ci siamo incontrate, Marilena era silenziosa, imbronciata, seduta in un angolo. Ma il suo corpo e il suo sguardo trasmettevano un'inquietudine frenetica. Era come se la sua testa stesse andando a trecento all'ora. Non dava l'idea di una persona felice, sembrava che ce l'avesse con il mondo intero. E pareva stesse mandando un messaggio senza parole, ma molto forte. Prima di partire ci siamo scambiate l'indirizzo. Marilena ha lasciato la clinica dove si cura l'obesità ed è tornata nel suo paesino vicino a Napoli. Quando ha cominciato a scriverci alcune lettere, parlava di se stessa in terza persona, come se si riferisse a un'altra. Solo dopo molti mesi è riuscita a usare la parola «io». Era arrivato per lei il momento di iniziare una nuova vita.

Mio nonno è morto quando io ero piccolissima: avevo solo due anni; eppure, anche dopo la sua scomparsa, è rimasto molto presente nella mia vita. È stato lui a prendermi in braccio e a salvarmi quando avevo inghiottito un chicco d'uva e stavo soffocando, ero diventata tutta viola... Una volta passato il pericolo, mi aveva cullato nelle sue braccia, e il suo calore e il suo affetto avevano cacciato lo spavento.

Poi è morto e questo ha segnato la mia vita. Ho dovuto crescere troppo in fretta. Ho dovuto accudire la nonna, imparare a cucinare, a stirare, a fare i lavori di casa. I miei genitori lavoravano in ospedale. Mio fratello era più grande di me, ma lui era un maschio. Ero fiera che mi avessero dato quella responsabilità, ma avevo solo sei anni e c'è voluto del tempo perché capissi quanto mi è pesato. A quell'età mi sono trasferita a casa della nonna lasciando i miei genitori, mio fratello, mia sorella e il mio letto e lì ho vissuto per i successivi sedici anni. Dopo la morte del marito, la nonna era entrata in una specie di depressione. Ogni notte piangeva e chiedeva a Dio di farla morire, perché quello era l'unico modo di ritornare insieme al nonno. Ricordo che rimanevo sveglia per ore, ogni notte, per via dei lamenti e dei pianti della nonna. A volte mi svegliava un tonfo nel cuore della notte e trovavo la nonna per terra, in lacrime, magari tutta sporca perché non era riuscita ad arrivare al bagno in tempo. Mi svegliavo anche quando avvertivo un movimento del letto. E la mattina era difficile alzarsi per andare a scuola, fare finta che tutto andasse bene per non dare troppi pensieri agli altri. Era difficile la sera andare a letto e iniziare una nuova notte in balia di paure, tensioni, preoccupazioni per una donna anziana.

Ero piccola ma dovevo pensare, valutare e agire come se fossi un'adulta. Me la dovevo cavare comunque, prima di andare a chiamare aiuto. A lungo andare la situazione è diventata insopportabile. Forse a quell'età avrei dovuto giocare con le bambole, invece controllavo se la porta e il gas erano chiusi o se la nonna aveva preso le medicine. Tante volte mi sono fermata a osservare il mondo, cercando qualcosa di buono, di bello, che mi aiutasse a crescere e maturare. Spesso mi sono sentita tradita. Mi è rimasto il ricordo del nonno che mi teneva in braccio. Per lui ero una bambina da proteggere e amare. Si può dimenticare cosa ti hanno detto le persone, mai come ti hanno fatto sentire.

La paura di guardarsi dentro

Crescere non è stato facile, e ritrovarmi con un corpo enorme è diventato un'ulteriore barriera tra me e gli altri. A volte una barriera insormontabile. A chi interessava veramente sapere chi c'era dietro quel corpo? Se valesse o no la pena di conoscere quella persona? Chissà se è per questa ragione che mi sono come annullata, mi sono dimenticata di me, di chiedere aiuto e ho sempre pensato ai problemi degli altri? Dopo la nonna è stata la volta di mio fratello. Stava facendo il servizio militare e per un incidente accaduto durante un'esercitazione, in cui ha visto morire un amico, è stato riempito di stupefacenti e mandato a casa quasi tossicodipendente. La tragedia non era tanto per mio fratello, che comunque era quasi sempre assente intellettualmente, ma per chi gli stava intorno. «Si fanno tanti sacrifici per crescere i figli», diceva sempre mia madre, «per vederteli poi distruggere così.» Anni di sofferenza prima che mio fratello accettasse di farsi aiutare. La comunità di recupero gli ha dato una mano a ricominciare la sua vita. Era il timore di soffrire, di vedere gli altri soffrire: fa tanta paura guardarsi dentro, affrontare quello che non si vuole vedere. Io ci ho messo ventisette anni.

Mi sono spaventata quando la pressione arteriosa è salita da sentirmi male. Non avevo mai visto mia madre piangere. Mi ha chiesto di curarmi, di reagire. È stata lei a spingermi a trovare una clinica per i disturbi dell'alimentazione. Ci ho passato sei mesi. Lì mi sono sentita strana, mi sono sentita come una malata. Ero una paziente e la cosa non mi piaceva per niente. Fino ad allora ero sempre stata quella che aiutava gli altri. Lì ero io a dover chiedere aiuto e non mi andava, era come se non fossi più capace. Ma ho imparato a vedere il mondo e gli altri con occhi diversi, non m'importava più del giudizio delle persone. Ho capito che potevo trovare una via d'uscita, perché mi davano gli strumenti per farlo. Lì ho cominciato a vedermi come una persona normale, come non mi ero mai sentita. Essere grassa passava in secondo piano. Nella vita sono diventata adulta prima del tempo. C'è una parte di me che vorrebbe ancora giocare, quella parte bambina che chiede di essere curata. A ventisette anni mi permetto di fare cose che da piccola non ho potuto fare. Se sono ammalata vado nel lettone a dormire con mia madre. Qualche sera, in quel grande letto, ci ritroviamo in quattro: io, mia sorella, mia madre e mio padre, spaparanzati a guardare la TV. Da grande ho voluto farmi questo regalo: fare la bambina anch'io, recuperare il tempo che non ho avuto per crescere.

Da poco più di un mese ho ripreso l'attività sportiva. Paradossalmente ho scelto di fare acquagym. Io, che odio mostrarmi agli altri quasi nuda (in costume da bagno), scelgo di fare proprio quello. Non mi è mai piaciuto avere gli occhi degli altri addosso, specialmente quando gli sguardi sono accompagnati da risatine, battutine pungenti e così via.

Ma ho voluto vincere questa battaglia contro me stessa, contro un mio limite. Mi spiego: andavo in piscina, gli altri mi prendevano in giro e allora io cosa facevo? Per stare bene evitavo la piscina. Erano gli altri in questo modo a decidere. Era giusto? No; così ho imparato che devo essere io a scegliere. Ora ci vado tranquillamente e cerco di non prestare tanta attenzione agli sguardi altrui. Prima vivevo male questa situazione, perché ciò che gli altri continuavano a dire con cattiveria erano le stesse cose che mi dicevo già da sola, in maniera forse ancora più spietata. Sentire i miei pensieri espressi ad alta voce da qualcuno e non avere il potere di far tacere o reprimere quelle voci, era devastante. Ora ho imparato a stare bene tra quelle voci.

Anche il mio rapporto con il cibo è cambiato. Non lo vedo più come un nemico, è diventato un mio alleato. Per anni ho odiato il cibo, perché mi aveva trasformata in qualcosa che a me non piaceva (che soprattutto non piaceva agli altri), senza comprendere, però, che non era stato il cibo a ridurmi in quel modo, ma le mie scelte. La mia poca costanza unita alla bassissima stima che avevo di me, hanno diretto le mie scelte sempre verso il cibo. Quando cadi in quel circolo vizioso, in quel gioco masochistico, ti vedi brutta, insoddisfatta: scegli di vederti come ti vedono gli altri; non tutti in generale, soltanto quelli che la pensano come te. E quale forma di punizione migliore per l'errore di essere caduta ancora, mangiando troppo? Ovviamente la punizione più dura e dolorosa: il cibo. Mangi per punirti e poi tutto il meccanismo riparte da capo.

Da un po' di tempo il cibo non ha più questo potere su di me, non glielo consento. Penso che il nostro nemico, qualunque esso sia, ha il potere che gli lasciamo avere. Non sono magra, non credo che lo sarò mai, ma ho capito che non è molto importante. Quello che conta è che adesso posso cominciare a vivere.

Carolina
In fondo al tunnel

LE SETTE DEL MATTINO

«Ricordo con piacere la mattina presto, quando facevo
colazione con la mia famiglia:
gli odori, il profumo del latte,
del caffè e del dolce fatto in casa.»

È una donna imponente con due enormi occhi verdi e i capelli cortissimi. Si vede subito che è molto indipendente e non si lascia intimorire, eppure suo marito la tratta come un fiore delicato e raro, che bisogna proteggere. A vederla uno non immagina minimamente che sia malata di tumore. Si cura e, con un certo pudore e con molta rabbia, non permette alla malattia di farsi viva. La tiene intrappolata dentro il suo corpo con forza, la combatte con determinazione e non potrebbe sopportare la pietà della gente, sarebbe come una seconda violenza.

Sono nata a Verona e a sei anni mi sono trasferita a Milano con la famiglia. Mia madre faceva la casalinga, mio padre era commerciante. Ho iniziato a lavorare molto presto: di giorno in ufficio, la sera sui libri, a studiare. Ma nonostante il doppio impegno, ho sempre avuto buoni risultati nella professione. Ho iniziato all'IBM, dove sono rimasta per nove anni. Quando mio padre è morto ho dovuto occuparmi dell'azienda che aveva da poco avviato, per cercare di salvarla dal fallimento. In cinque anni sono riuscita a rimetterla in sesto e a comprare una casa. Per me questo è stato un successo. Lasciata l'impresa sono tornata all'informatica, lavorando per compagnie d'assicurazioni di grosse banche. Due anni fa ho dovuto abbandonare l'ultimo impiego a causa di questa malattia che mi trascino dal 1991. Ho scelto di andare in pensione, ma continuo a lavorare: insegno alle persone a usare il computer e Internet, e lo sto facendo anche per dei bambini disabili. È un'attività che mi da una certa soddisfazione perché, contrariamente a quello che si potrebbe pensare è un mezzo che aiuta ad esprimersi, stimola la fantasia e rassicura molto.

Dalla mia malattia non si guarisce, bisogna conviverci. Io sono certa di riuscire a farlo per molto tempo.

Ho bisogno di vedere, toccare e annusare

Da quando mi sono ammalata sono insieme più forte e più paziente. Ogni volta che ho avuto una crisi ho dovuto ricominciare. Prima ho avuto un tumore a un seno e mi hanno operato. Poi mi hanno annunciato che si trattava di una cosa più seria e il secondo intervento è stato più radicale. Successivamente hanno scoperto che i tumori erano tre e ho avuto un'encefalomielite acuta disseminata che ha portato a una paralisi per quasi tre mesi. E quest'ultimo guaio lo devo a un errore dei medici che mi hanno prescritto dei farmaci dannosi. Le conseguenze, anche se ora sono più limitate, le porto addosso. Ancora di recente ho avuto una ricaduta e ho dovuto operarmi d'urgenza. Ma poi la voglia di vivere ha il sopravvento: mi basta guardare un tramonto, un cane, il mio gatto.

Quando ho scoperto di avere un tumore in un primo momento ho odiato tutti i sani. Pensavo: Ma perché a me? Poi passa. Ho cercato di capire come avrei potuto andare avanti e piano piano ho trasformato la mia vita. Per esempio, sono diventata più selettiva. Cerco di assaporare le piccole cose, me le voglio gustare. Anche in un libro voglio sentire il profumo, vederlo, toccarlo. Devo poterle toccare le cose per sentire un coinvolgimento completo. Non mi sono chiusa in me stessa, non ho rinunciato a vivere. Certo, ci sono i giorni in cui piango e penso che avrei potuto fare un'altra vita. Sento che c'é stato un accanimento nei miei confronti: prima una cosa, poi un'altra e un'altra ancora. Però sono dei momenti, e poi si riparte.

Già a undici anni ho dovuto passare diversi mesi in un sanatorio e in quel periodo mi è mancata molto la famiglia. È stato un grande trauma andare via di casa, ancora bambina, e vivere circondata da medici e altri ammalati. Mio padre se n'è andato quando avevo venticinque anni e poi c'è stata la perdita più grande: la morte di mia madre. Forse il dolore può fare sorgere questi mali. Due anni dopo la sua scomparsa mi sono ammalata. Si era portata via il mio cuore. Con lei avevo un rapporto fantastico, perfetto, quasi di simbiosi. Le parlo ancora spesso di giorno, quando faccio i mestieri. Mi viene in mente tutti i giorni, nei momenti più strani; quando sono con i medici e mi chiedono cosa provo, io penso ai miei genitori, vedo mia madre vicino, cerco del calore umano, e loro mi aiutano.

Mi mancano molto. Mia madre era timida, riservata, discreta, poco appariscente. Stava sempre dietro le quinte. Per lei non so cosa non avrei fatto. Era una donna molto affettuosa, molto dolce, piena di tenerezza, d'attenzioni. Di lei ricordo le carezze, quando non stavo bene. Le sue carezze mi facevano guarire.

Rubatemi il parcheggio e ve ne pentirete

Nonostante la menomazione vivo la mia femminilità come prima. Se c'è molta intesa e sensibilità con il partner queste cose si superano, e io non mi sento diversa. È vero che ho un seno in meno, ma in fondo a tutti manca qualcosa. A me manca qualcosa di fisico a un altro mancano qualità di carattere.

Non ho avuto figli: non è stata una scelta, è stata la vita. Quando ho conosciuto il mio secondo marito eravamo già grandi, non ce la siamo sentiti. Mi sarebbe piaciuto, ma da ragazza, non a quaranta e passa.

Quello che è successo a me, lo devo dire, è il risultato di errori dei medici. Per cinque anni mi hanno sempre assicurato che stavo benissimo, che ero guarita, che non avevo niente. Facevo la mammografia, l'ecografia, i marcatori, invece non sapevano leggere gli esami, non sapevano interpretare le lastre. E così mi sono trovata da un mese all'altro con un tumore di tre centimetri e mezzo di diametro che non può essere arrivato dal nulla. Hanno fatto una pessima diagnosi, per di più in una struttura a pagamento, molto cara. La loro approssimazione, la loro mancanza di serietà è la cosa che mi ha fatto arrabbiare di più. Perché io sono sempre stata previdente, chiedevo di fare anche la scintigrafia e loro mi rispondevano: «Non si preoccupi troppo». L'ho fatta lo stesso, di mia iniziativa, e purtroppo anche in quel caso non hanno saputo leggere i risultati. Avrei potuto fare un intervento molto meno invasivo e non avrei adesso quelle metastasi sia ossee che al fegato perché sarebbe stata presa in anticipo. Avevo già avuto una brutta esperienza con un medico, che mi aveva prescritto un farmaco dannoso, e non mi sono sentita di fare una seconda causa contro quella clinica. Sto facendo la chemioterapia e non ho ancora chiuso la prima causa.

Soffro molto per la perdita dei capelli, è una cosa che mi butta giù. Sabato ho appuntamento per farmi mettere a posto la parrucca. E l'ospedale, anche se non sa d'ospedale, non è un bello spettacolo.

E neanche gli ammalati lo sono. Soprattutto quelli che fanno la terapia con me. Bisogna essere lì alle sette del mattino, tutte quelle facce pallide sono uno spettacolo molto triste. Non tutti poi hanno la volontà di combattere. Tanti si lasciano andare, sono passivi, senza speranza.

In casa non riesco più a fare i lavori come prima. Mi mancano le forze e non mi posso piegare, devo avere mille attenzioni, come se fossi di cristallo. Per fortuna mi posso permettere una persona che mi dà una mano.

Razionalmente la malattia si accetta, emotivamente no. Di me i medici hanno scritto: «Sarà sempre ammalata, non può guarire, ma potrà vivere a lungo». Mi aiuta ad andare avanti la voglia di lottare, di vincere; non voglio perdere. Mi arrabbio moltissimo quando passo davanti a un posto auto per disabili e lo trovo occupato da qualche maleducato. La ritengo una forma di violenza e reagisco di conseguenza: a volte chiamo i vigili, a volte faccio dei dispetti a queste auto: gli butto delle uova. Una volta – era la vigilia di un Natale di qualche anno fa – dovevo andare in bagno. Sono entrata in un hotel del centro di Milano e ho chiesto se potevo usare la toilette. Ho anche mostrato la mia tessera di disabile. Sono stata cacciata in malo modo, mi hanno detto che per usare il bagno avrei dovuto prendere una stanza. Sono rimasta così male che ho deciso di chiamare i vigili. Mi ero fatta la pipì addosso, ma sono rimasta al freddo, umiliata e in lacrime per un'ora e mezza ad aspettare che arrivassero. Ho persino intentato una causa, ma la mia unica soddisfazione è stata quella morale di aver tentato di difendermi. Di fatto non è servito a nulla. La prossima persona in difficoltà che chiedesse di andare in bagno sarà sicuramente cacciata via nella stessa maniera.

Una grande festa per i miei cinquantotto anni

Anche questa malattia la considero una delle tante battaglie della vita. Non vincerò la guerra, però molte battaglie sì. Il cinquanta per cento di queste terapie ha successo quando il paziente ha un atteggiamento attivo, quando reagisce. Io faccio la mia parte e mi aspetto dai medici che facciano altrettanto. Se mi chiudessi in me stessa, se piangessi, la terapia farebbe ben poco. A volte mi sento sola, vulnerabile, impotente, ma poi c'è quella voce dentro di me che mi incita ancora una volta, nonostante la stanchezza, ad andare avanti. So che è una strada obbligata. Per le donne che si ammaleranno più tardi sarà più facile, non dovranno passare attraverso tutte queste porte. Sono convinta che prima o poi questo genere di ingiustizie non ci sarà più: quelli fortunati e quelli sfortunati, quelli sani e quelli ammalati...

Cosa succederà dopo la morte non lo so, ma credo che non finisca tutto con l'ultimo respiro. È incredibile quello che ti passa per la testa quando sei attaccato a una macchina per delle ore. Quando ho dei brutti pensieri li mando via, con grande volontà, non voglio pensare a cose negative. A volte mi porto il walkman per non sentire i pazienti che parlano ancora e sempre di malattia.

Sogno di avere una moto e di fare dei viaggi. Ma non ho equilibrio, l'ho perso con tutte queste operazioni. Sogno anche la barca a vela. Però riesco anche a godermi le cose di tutti i giorni: gl'incontri casuali, il cane del quinto piano che mi hanno affidato e che porto in giro, o che vado a trovare per giocare. Prima curavo un altro cane del cortile; quando i miei vicini andavano via per il weekend me lo lasciavano. Ho sempre avuto un grande amore per i cani. Vorrei averne uno, ma il mio gatto Farouk, il vero padrone di casa, non è d'accordo.

Per i miei cinquantotto anni farò una grande festa: perché sono ancora viva e perché quando sono nata ho dato una grande gioia ai miei genitori e non vorrei proprio che passasse per un giorno come gli altri.

Severina
La ragazza con la pistola

LE OTTO DEL MATTINO

«Mi piace, appena mi alzo la mattina, e la sera prima di andare a dormire, affacciarmi alla finestra e vedere se piove o c'è bel tempo, se ci sono ancora le stelle e la luna.»

Severina è una brava ragazza di ottantatré anni che vive con la pensione minima. Ama la natura e dipinge. Durante il fascismo è stata in galera. È una donna di ferro, con saldi principi e idee ben precise, ma conserva un candore e una leggerezza che la fanno sembrare, nonostante l'età, ancora giovane e piena di vita. L'aveva conosciuta Alice durante un servizio su un centro anziani, poi siamo tornate insieme a intervistarla, nella sua casa popolare alla periferia di Milano, abitata ormai soltanto da nuovi inquilini, perlopiù giovani immigrati, e dai pochi anziani rimasti. Il suo appartamento è il primo biglietto da visita: un tinello pieno di quadri, tele neorealiste e dipinti più recenti, un naif onirico dai colori pastello. Alle finestre, ma anche appesi ai muri, una gran quantità di vetri colorati. È il lavoro, anzi la passione, di una vita. Sul suo biglietto da visita, quello vero, c'è scritto «pittrice», ma basta un'occhiata alle sue tele per capire che per lei le passioni sono state almeno due: l'arte e la politica.

Ora frequenta il centro anziani del quartiere. Nel dopoguerra è stata consigliere comunale per il partito socialista. Arrotolati in un angolo del salotto ha un mucchio di manifesti che ha disegnato in varie occasioni. Li sta raccogliendo per una mostra. Viene da Soresina, un grosso centro agricolo del cremonese e già il suo nome, Severina, racconta una parte del suo carattere. La immagini bambina, nei primi anni del secolo scorso, in braccio a un contadino che per la sua piccola vuole un futuro da maestra, da brava madre attenta e rigorosa. E invece Severina diventerà, sotto il regime fascista, una sovversiva coraggiosa fino alle estreme conseguenze, ma, come aveva voluto il padre, affidabile e determinata. I suoi ricordi di quel periodo sono raccolti in un diario pubblicato dall'archivio di Pieve Santo Stefano. A noi ha raccontato anche il seguito: una vita tenace di impegno sociale e di ricerca artistica. Una bella famiglia, una vecchiaia in un mondo che si allontana sempre più dagli ideali per cui ha lottato ed è stata in prigione, la fatica di tirare avanti con un marito malato e una pensione che non arriva a cinquecento euro.

A me quel nazista lì non mi aveva mai convinto. Si era consegnato a noi partigiani insieme al suo attendente e io me l'ero persino preso in casa, ma non mi sono mai fidata. E infatti è stato lui a fregarci, ci ha denunciati e siamo finiti tutti in carcere.

Quando racconto la mia vita finisce sempre che parlo della Resistenza, la prigionia, gli anni che hanno segnato tutto il resto. È stato un periodo terribile, si è portato via la mia giovinezza e ha trasformato la mia vita. Anni di rischi tremendi, ma anche di passione, di grandi ideali e di amore. Perché è stato in quel periodo che ho conosciuto mio marito e me ne sono innamorata. E tutti questi sentimenti forti sono mischiati in un impasto che non mi è facile districare. Ho rischiato la vita tante volte, ma una la ricordo ancora con un brivido e un pizzico di divertimento.

Ero a Milano a portare delle armi a un gruppo di combattenti. Ero appena salita sul tram, quando salì anche un gruppo di tedeschi con due SS. Ispezionarono tutte le borse dei presenti. Fingendo disinvoltura, mi misi a parlare del tempo con un SS come se fossi una di loro. Cercavo di rimandare il controllo, ma capivo che era tutto inutile, ancora qualche istante e sarebbe toccato a me. Avevo una Beretta calibro nove. E invece fu provvidenziale il tempo perduto, perché mi venne in aiuto l'allarme antiaereo con le sue sirene: il tram si fermò e tra il fuggi fuggi generale riuscii a sparire, con il cuore in gola, nella direzione opposta...

Ma il motivo per cui sono ancora ricordata in qualche memoria di quel periodo è che non ho parlato. Il nostro gruppo fu tradito e noi fummo arrestati. Mi tennero dentro parecchi mesi, mi torturarono, finsero di fucilarmi. Io avevo fatto amicizia con le altre detenute, prostitute soprattutto, e i miei sono riuscita a non tradirli mai. C'è più di qualcuno che mi deve la vita. Io ero una ragazzina, contavo poco e sapevo poco, ma di partigiani importanti ne conoscevo molti, dal momento che portavo armi e messaggi in giro. Gli interrogatori furono molti... li conducevano sempre uomini con le armi in pugno come se stessero per fucilarmi. Volevano dimostrarmi che non stavano scherzando. Quelle facce sinistre, che ho ben chiare nella mente, quei fessi... chissà se sapevano cosa vuol dire servire un ideale. La maggioranza delle altre donne che erano in cella con me non sapevano leggere. Tra noi s'era creata una bella complicità e ho insegnato a leggere a qualcuna di loro. Loro mi proteggevano e, quando mi portavano via per gli interrogatori, lo vedevo dai loro sguardi che erano tutte in ansia per me. A un certo punto le guardie mi offrirono l'opportunità di un prete per la confessione e quando mi trasportarono all'UPI [Ufficio Politico Investigativo] per l'interrogatorio, ero certa che non sarei tornata, perché erano abbastanza decisi a far fuori tutto il mio gruppo. Penso che la fortuna sia stata dalla mia parte, o forse un briciolo di pietà per una ragazza di appena vent'anni era rimasta ai miei aguzzini, ma quel giorno, tornata in carcere trovai tutte, secondine in testa, che pregavano per me, la detenuta in pericolo di vita.

Macché sartina, farò la pittrice

Superato quel pericolo, fui trasferita nel carcere di Bergamo, comandato da una nazista. Lì ne ho viste tante altre, ma ormai mancava poco. Alla liberazione sono riuscita a ritrovare mio marito. Adesso è stanco e si è ammalato, ma per sapere come era da giovane basta cercare in questi quadri quelli che ritraggono rivolte popolari. Lui c'è sempre, tra le prime file. Non che non abbiamo mai avuto motivo di litigio, ma mi ha sempre sostenuta e rispettata. E con lui sono riuscita a fare quello che volevo nella vita. Ho dipinto quadri, manifesti e appelli, come questi che sono dei manifesti per il comizio finale prima del referendum sul divorzio. La prima scatola di colori me la regalarono quando ero ancora bambina. Il mio destino era di fare la sarta, ma in fondo avevo altri progetti. Nel mio paese, a parte l'agricoltura, la principale occupazione per le ragazze era quella. Ma io sognavo di fare la pittrice. Prima ancora di mettermi in contatto con i vecchi socialisti, gli unici in tutto il paese che non avevano mai accettato il fascismo, avevo preso qualche lezione.

Alla fine sono riuscita a realizzare questo mio vero desiderio. Non so se dipende dalla storia della mia vita o se sono due cose che per tutti marciano insieme, ma per me l'arte e la politica non sono mondi separati. Ora dipingo soggetti naturali, non faccio più, come una volta, manifesti e quadri di battaglie. C'è un legame tra la spinta che mi ha portato a dipingere e quella che mi ha fatto scegliere le armi, all'epoca del fascismo. Non avrei potuto essere un'artista disinteressata alla vita, alle ingiustizie della vita. È stato proprio vivere circondata da grandi e piccole ingiustizie che mi ha spinto a ribellarmi e a organizzarmi. Ma forse è stata anche questa capacità di sentire e di soffrire per tutto quello che c'è di sbagliato a darmi la forza di diventare non una sarta, ma una pittrice. Ho partecipato a tanti comizi, a tante iniziative per le donne, per le ragazze costrette a prostituirsi, per le ingiustizie contro i bambini, e adesso dopo una vita sotto il segno della lotta per gli altri, dopo avere patito la galera per costruire un Paese libero, a ottantatré anni vivo insieme a mio marito, più anziano di me e malato, con una pensione di 427,00 euro al mese.

Enrica
La psicologa City Angel

LE NOVE DEL MATTINO

«È l'ora in cui ho cominciato a lavorare nella comunità psichiatrica. Mai avrei pensato che, oltrepassando quel portone, la mia vita sarebbe cambiata così drasticamente. Il primo impatto è stato terribile, con i pazienti che urlavano. Ad accogliermi era stato un infermiere. Grazie a lui si è aperta una porta e se ne sono chiuse molte altre.»

Enrica l'abbiamo conosciuta per caso. Dovevamo girare un servizio sui VIP che servivano da mangiare in una mensa per i poveri organizzata dai City Angels. Di quel gruppo sapevamo poco, a parte che facevano le ronde antispacciatori davanti a una scuola di Rozzano e portavano pasti caldi agli anziani. I VIP erano arrivati e le poche telecamere e i fotografi erano lì per loro, una messinscena per i media. In quel caos ci avevano colpito due persone: un vagabondo cinquantenne dagli occhi bellissimi e le mani piene di piaghe, che passava l'inverno nei dormitori del Comune, ma da maggio, quando chiudevano, finiva per strada come migliaia di persone, spesso ammalate e anziane... L'altra persona che ci aveva colpito era stata Enrica, una City Angel. I suoi occhi avevano qualcosa di speciale, una bellezza che rassomigliava molto a quella degli occhi del vagabondo.

Inevitabilmente ogni volta che mia madre mi portava a fare un giro con la carrozzina, il pastore tedesco dei vicini veniva con noi. Io e il cane restavamo fuori dai negozi mentre mia madre faceva la spesa. Amava molto quel cane, che non era neanche suo. Forse, lavorando in una ditta di apparecchi per ospedali, con mio padre sempre via, non si era mai potuta permettere di avere un cane tutto per sé. Se penso alla mia infanzia, non so perché, ma il pastore tedesco è presente in tanti ricordi.

Da grande avrei voluto fare la veterinaria, ma non sono riuscita a entrare alla facoltà e così ho ripiegato sulla seconda scelta: psicologia. All'inizio ho pensato d'averlo fatto soprattutto per aiutare gli altri, di fatto ho aiutato anche me stessa.

Sono cresciuta in un piccolo paese di campagna, libera e un po' zingara. Mia madre lavorava e così passavo molto tempo con i figli della vicina. Nei dintorni vivevano tante famiglie giovani, con bambini che uscivano ed entravano da case sempre aperte. Come gli altri bambini, anch'io entravo nella cucina che mi veniva più comoda, la mia o quella dei vicini, a chiedere la merenda. Quel modo di fare era condiviso da tutti: grandi e piccoli.

I miei si erano conosciuti a Londra, e dopo cinque anni avevano deciso di tornare a vivere in Italia. Per mio padre il lavoro veniva prima di tutto. I suoi giorni di riposo per quasi tutta la vita sono stati il mercoledì e il giovedì. Mia madre lo criticava spesso perché il fine settimana era sempre da sola. Non vedendolo mai durante i weekend mi sono chiesta se non avesse una doppia vita. Mia madre ha sempre lavorato e sembrava una donna forte. Di fatto è una persona molto sola e non così forte come pensavo. Io ho avuto il coraggio di fare quello che a lei non è mai riuscito: chiudere una storia prima che fosse troppo tardi. Avrebbe potuto lasciare il marito, rifarsi una vita, forse essere più felice. Nella sua vita ho riempito un buco che non avrei dovuto riempire io, ma mio padre non era lì per farlo. Per anni sono stata la bambina che non dava problemi, la figlia unica che non fa mai tribolare i genitori. Da noi, il senso del dovere era importantissimo. Non esisteva l'errore, la possibilità di sbagliare non era contemplata. E così mi è rimasto il rimpianto di non avere mai provato uno spinello, lo hanno fatto tutti.

Mio padre ha deciso di intromettersi nella mia vita quando avevo ventinove anni. Di colpo ha voluto sapere quando uscivo e con chi. Gli ho detto in modo brusco che non erano affari suoi, che ero adulta e che la mia vita me la sarei gestita da sola. Si è ricordato di me solo per tarparmi le ali. Per dieci anni, da quando ne avevo diciannove, ho avuto lo stesso fidanzato. Un ragazzo tranquillo, quello che i genitori definiscono un bravo ragazzo. Finché stavo con lui non mi hanno mai controllata: abitava vicinissimo e io ero sempre sotto controllo. Con questo fidanzato storico eravamo in totale simbiosi, facevamo tutto insieme, sempre insieme. Non avrei neanche potuto immaginare di fare delle scelte diverse dalle sue, di avere programmi diversi dai suoi. Poi mi sono sentita soffocare. I miei si sono spaventati quando ho cominciato a passare le notti a Milano. Sapevano che uscivo con un altro uomo, che non gli ho mai voluto presentare, anche perché era straniero e più vecchio di me. Avevo bisogno di spazio, di crescere, di trovare una mia identità. Adesso ho trent'anni e solo da poco ho rimesso in discussione tutto quello che la mia famiglia ha fatto per me, solo da poco ho recuperato la mia autostima e sto costruendo una vita mia.

Quando ho cominciato a lavorare nella comunità psichiatrica, mi è sembrato molto pesante. Pazienti che urlavano, uomini nudi in attesa di fare la doccia. Non avrei mai pensato che grazie a quel posto avrei cambiato il mio modo di vedere le cose, che avrei avuto il coraggio di lasciare il mio compagno e iniziare un nuovo legame. Quando sono tornata, dopo quindici giorni di lavoro fuori città con alcuni pazienti, ho deciso di chiudere prima che fosse troppo tardi. Non avrei mai potuto sposare quell'uomo, anche se eravamo stati fidanzati per dieci anni. Avevamo appena comprato la casa e proprio al mio ritorno ce l'avevano consegnata. È stato difficile dirgli che non me la sentivo più di proseguire: «Facciamo quello che vuoi della casa, ma chiudiamola qui». Ero troppo infelice per proseguire quel rapporto. A distanza di tempo ci sentiamo ancora e alla lunga penso che sia stato meglio anche per lui.

Quei quindici giorni al mare con i pazienti dell'ospedale hanno rivoluzionato la mia vita: ho recuperato fiducia in me stessa, mi sono resa conto che non ero così male, che facevo bene il mio lavoro. Anche la cuoca della comunità mi aveva detto che a fine vacanza avrebbe chiuso le valigie: aveva riflettuto abbastanza e aveva deciso di lasciare il marito. Quando siamo arrivate giù con i bagagli, pronte a tornare a Milano, le ho detto che anch'io avevo deciso di chiudere. Per noi due da quel giorno iniziava una nuova vita.

A scuola dai matti

Dopo la laurea ho fatto il tirocinio al reparto psichiatrico dell'ospedale Fatebenefratelli. Il mio psicologo di riferimento non mi ha mai seguita, in compenso mi sono inserita benissimo nell'équipe di lavoro grazie agli educatori e agli infermieri. Ho imparato da loro e ho avuto un impatto immediato con i pazienti. Dopo il tirocinio ho passato l'esame di Stato... e poi sono entrata in un mondo così violento da scuotermi completamente, come se mi svegliassi da quella che era stata la mia vita fino a quel momento. Era una comunità per adolescenti, conosciuta nell'ambiente perché da lì tutti gli educatori scappavano e nessuno riusciva a resistere a lungo. Si trovava in una villetta di un paesino. Da fuori sembrava un posto addirittura piacevole, però avvicinandosi si sentivano urla terribili, tanto che mi sono stupita che i vicini non avessero mai chiamato la polizia. Sono entrata con il cuore in gola perché avevo sentito dire che quel posto poteva diventare un vero inferno. Allora c'erano solo tre ragazze di dodici, quattordici e quindici anni. Tre sono poche, ma insieme contro una persona indifesa possono diventare un gruppo pericoloso. Ragazze vittime di presunti abusi famigliari e violenze sessuali, vittime che ben presto si erano trasformate in carnefici. La loro rabbia esplodeva in scene di violenza incontrollabili. Il sabato prima che arrivassi, per esempio, c'era stata una rivolta in comunità, succedeva di frequente.

Una sera le ragazze erano scappate ed erano rimaste fuori per metà della notte. La mattina sarebbero dovute andare a scuola ma, avendo fatto così tardi, non si erano alzate. Non avevano nessuna intenzione di andare a scuola. Come tutte le mattine, fu una lotta: « Alzatevi, andate a scuola... » Zero. Quella volta c'ero solo io di turno. In teoria non ci sarebbe dovuto essere nessuno in comunità, ma qualche giorno prima, due ragazze si erano barricate in cucina e una di loro, la più grande, aveva messo in difficoltà l'altra. Da fuori le educatrici avevano sentito frasi del tipo: «Dai apri le gambe», e l'altra che rispondeva: «Ma dai... cosa fai?» Avrei dovuto chiarire con la più giovane cosa fosse successo, ma quella mattina le ragazze avevano altri progetti e non avevano certo voglia di discutere l'accaduto con me. Una di loro si mise gli anfibi e con la complicità delle altre mi aggredì e mi riempì di calci. Poi mi rinchiusero a chiave in una stanza e si asserragliarono nell'ufficio, staccando il telefono. In pochi minuti ero stata picchiata e sequestrata. Riuscii a lanciare una chiamata d'aiuto ma ci volle un bel po' prima che qualcuno potesse liberarmi. Il responsabile dovette buttare giù la porta a calci. Ero rimasta rinchiusa per diverse ore e arrivai a casa piena di lividi e in uno stato pietoso.

Mi ricordo un'altra volta in cui la ragazza «violenta» continuò a calciare contro la nostra porta e noi, io e una ragazzina più giovane, rinchiuse in bagno, passammo la notte tra la vasca e il bidè. Tirava dei calci fortissimi ma per fortuna quella era l'unica porta resistente, l'unica veramente a norma, in tutta la comunità.

Eravamo sempre in pochi e non mi sono mai sentita al sicuro. Dopo tre mesi me ne sono andata via, come avevano fatto tanti altri prima di me. Oggi in quella comunità le ragazze assistite sono aumentate, e speriamo che le cose vadano meglio. Forse quelle tre ragazze non ci sono più.

In seguito ho fatto un altro colloquio, questa volta per una comunità di bambini, ma come ho varcato la porta mi ha preso male. Ho cominciato a sentire urla micidiali e me ne sono andata via subito. Le urla dei pazienti, quei suoni terribili, mi hanno inseguita da un luogo all'altro, anche in un'altra comunità psichiatrica. Quando ho di nuovo sentito le urla mi sono chiesta dove stessi andando. Una volta dentro ti accorgi che i pazienti sono come dei bambini indifesi. Lì, per esempio, ce n'erano dieci. Chiusa quella comunità, la maggior parte dei ricoverati era stata destinata a diverse strutture italiane ed erano rimasti i più malmessi, quelli che nessuno voleva. Cinque erano come dei vegetali: lobotomie, elettroshock, i postumi degli anni Sessanta.

A cavallo del Venticinque Aprile siamo andati con i malati a Roma, in pullman. A una fermata in autogrill eravamo io, un altro operatore e due pazienti in un bagno per disabili (quattro di loro avevano i pannoloni e dovevamo controllare). Facevamo di tutto senza troppi problemi. Tirati giù i pantaloni, ci siamo accorti che i pannoloni erano pieni di cacca. Allora io e il mio collega ci siamo guardati e abbiamo cominciato a ridere, a ridere, e anche loro con le braghe calate erano piegati in due dalle risate. Eravamo capaci di ridere anche in quelle situazioni, e per noi come per i malati, era curativo. Un infermiere che aveva lavorato lì ai «vecchi tempi» ci aveva raccontato di come erano stati pericolosi quelli delle lobotomie. A me sembravano completamente indifesi.

Nella comunità psichiatrica eravamo sempre in turno con un uomo che ci aiutava, il cosiddetto ASA (l'ausiliario socioassistenziale, che una volta si chiamava portantino). Quello con cui stavo era una persona gentile, disponibile e che sapeva ascoltare. Nella mia vita non avrei mai pensato che avrei subito il fascino dello straniero. Uscita da una relazione soffocante, avevo bisogno di altre storie e non volevo stare da sola. Cercavo un rapporto che non mi impegnasse troppo e lui mi affascinava molto; parlavamo tanto insieme, c'era amicizia e complicità. Ricordo con molta più intensità quest'uomo che non il compagno con cui sono stata per dieci anni.

Angeli da marciapiede

Dopo avere chiuso l'esperienza dell'ospedale psichiatrico, ho trovato un lavoro fisso in due scuole. È stato un po' un riempitivo. Rispetto a prima, lo stipendio era un tirare a campare. Poi una vicina mi ha parlato dei City Angels, di cui faceva parte. Aiutano gli emarginati, come i senzatetto, i tossicomani, gli extracomunitari. Gli prestano soccorso, gli trovano delle sistemazioni e a volte un lavoro. A Milano i City Angels circolano ogni notte con un furgone, l'unità mobile per distribuire cibo, bevande calde, vestiti, coperte e sacchi a pelo a chi vive per strada. Danno loro anche sostegno morale. Hanno anche aperto un dormitorio con centoventi posti. Si vestono con un basco blu e una giubba rossa per essere riconoscibili da chiunque si trovi in difficoltà. Aiutano gli anziani e i detenuti, ma anche donne e minori. Ho cominciato a seguire un corso per diventare volontaria, qualche mese dopo hanno aperto uno sportello sociale e mi hanno offerto un posto come psicologa. Adesso offro consulenze, organizzo i turni degli operatori, metto giù i progetti, i preventivi per il campo nomadi.

La maggioranza dei City Angels sono stranieri. A volte rappresentano un'esperienza di transizione per le persone che escono dalla prigione. Qui trovano un lavoro, un modo per integrarsi nella società. A febbraio ho conosciuto un operatore marocchino. Ci siamo visti in occasione dei giri con l'unità mobile, e abbiamo avuto modo di parlarci. Ci siamo messi insieme. Un'amica, che lavorava con me, mi ha avvertita. Mi ha detto che un ragazzo musulmano non è come uno cattolico, che avrei dovuto essere pronta a fare determinati passi. C'erano anche difficoltà di lingua, e per la prima volta la trasgressione è stata nel fatto che mi sono lasciata prendere dalla sua bellezza. Questa cosa mi ha sconvolto, perché non mi era mai capitato prima. Mi aveva colpito il suo fisico perfetto. Adesso che lo conosco meglio certe cose di lui mi piacciono, altre no, e tra queste c'è il suo modo di vivere alla giornata. Anche questa storia è finita dopo qualche mese. Eravamo troppo diversi, e io non ho voluto rinunciare alla mia libertà.

Nell'ultimo anno ho cominciato a capire cosa voglio. È strano, ma proprio adesso che ho meno certezze e ho mandato al diavolo tutto quello che avevo costruito nella prima metà della mia vita, comincio a sentirmi più sicura. I miei genitori fanno meno storie: è come se avessero capito che la vita è mia. Ora mi sento più determinata, non sono più disposta a cancellare me stessa per chiunque sia.

Ornella
La prima volta a Telgate

Le dieci del mattino

«È l'ora in cui è nata mia figlia. Una gioia immensa, la cosa più bella della mia vita.»

Cercavamo una storia di provincia. E questa, ambientata a Telgate, nella bergamasca, un simbolo dell'Italia che corre, sembrava quella giusta. Lì, accanto alle cascine dove è stato ambientato L'albero degli zoccoli*, oggi c'è un comune sotto sorveglianza. Un circuito di telecamere spia i cittadini giorno e notte. Sono stati loro stessi a pagarle, per dormire sonni tranquilli al riparo da ladri e furti. È uno dei comuni più ricchi d'Europa e con il piu alto tasso di immigrati.*

Qui Ornella e Gibrit si sono innamorati. Hanno sfidato un'intera comunità, hanno messo al mondo due belle bambine. Un amore così intenso che ancora oggi Ornella, nonostante abbia ottenuto la separazione e stia cercando di ricostruirsi una vita, dice: «Se tornasse quello che ho conosciuto dieci anni fa lo risposerei domani».

Ma quando siamo arrivate all'appuntamento, non d'amore, bensì di lavoro voleva parlare: era stata licenziata in tronco. Nell'azienda, che produce abiti, non c'è crisi, anzi, gli affari vanno bene. Ornella è diventata disoccupata per una ripicca. «Mi hanno messo alla porta», spiega, «perché ho litigato con il fidanzato di una delle sarte. E siccome la sua donna tiene i rapporti coi cinesi che ci forniscono merce a prezzi bassissimi, il mio capo non poteva rifiutarle la cortesia.» Ornella era furiosa per il comportamento del proprietario, ma non sembrava preoccupata per il suo futuro.

Il lavoro le piaceva, guadagnava abbastanza e aveva il tempo per seguire le sue bambine. Mentre parla sembra di scivolare in un film di Ken Loach. Sarà perché è molto carina, ed è più facile immaginarla nei panni di un'attrice che di una magazziniera, sarà perché ha l'aria di una che sa come difendersi, mentre snocciola i dati sull'applicazione del part time nell'Europa del Nord e si lamenta perché in Italia per una ragazza madre non è facile trovare un'occupazione che consenta di conciliare lavoro e famiglia. Qualche mese più tardi, quando ci siamo risentite ci ha un po' rassicurate. Dopo avere servito ai tavoli in un locale notturno, ha trovato un impiego più adatto alle sue esigenze in un Internet Point.

Nell'intervista, però, quest'operaia del Nord che lavora per vivere, e non il contrario come capita spesso, ci ha parlato solo della sua storia d'amore.

E questo è quello che ci ha raccontato.

C'è una cosa sola che mi aiuta quando mi sento un'idiota, fregata e impacchettata dalla vita. Mi dico, e guarda che ci credo: «Era destino», e contro il destino non c'è niente da fare. In tutto il paese non potevo che essere io. Io che da piccola sognavo di viaggiare, io che sono scappata dalla scuola a sedici anni per seguire il mio grande amore a Londra, io che sono più curiosa di una scimmia, io che ero felice di vivere a Dakar e ci avrei partorito mia figlia, senza un'ombra di paura. E allora, quando una persona nasce così, poi non si deve lamentare. Anche se è andata diversamente da come speravo, di questa storia avrei potuto cambiare solo qualche dettaglio.

Ditemi, poi, se questo non era destino. L'ho conosciuto a casa di amici milanesi, per tutta la sera ci siamo guardati e parlati, e soltanto un momento prima di andare via ho scoperto che anche lui viveva a Telgate. A me è sembrata una bella coincidenza che uno che è nato in Senegal e ha vissuto gli ultimi dieci anni in Francia si sia trasferito proprio nel mio paese. Non ci siamo fidanzati subito, abbiamo cominciato a uscire con altri amici. Mi piaceva perché era diverso, ma non sto parlando del colore della pelle. Era proprio diverso dentro. Qui i ragazzi, per un motivo o per un altro, finisce che pensano tutti allo stesso modo: la macchinona, la discoteca, la fabbrica e i soldi. Lui no. Mi parlava di religione, delle cose in cui credeva, di noi due e di me. Mi diceva che anch'io ero speciale. E ci sapeva fare, lui è bravissimo a far innamorare le persone e non parlo solo delle donne, anche i miei amici andavano matti per lui.

Era anche molto bello, lo penso ancora adesso che ce l'ho con lui per quello che mi ha fatto dopo. Ed è un vero attore, un incantatore di uomini e donne. Lui adora conquistare. È più forte di lui: deve assolutamente piacere; è per questo che ha avuto tante altre storie.

Sono stata molto male per lui: ho avuto un brutto esaurimento, ho dovuto prendere anche le medicine. Si è speso i soldi di mio padre e io sto ancora pagando i debiti che mi ha lasciato sulla carta di credito del nostro conto. Abito in una casa che non mi piace e non ho neanche i soldi per cambiare. E non basta: in paese, da quando lui se ne è andato, mi guardano con quell'aria di trionfo. Mi sembra che tutti vogliano dirmi: «Visto che avevamo ragione noi?» Anche a scuola provano a ficcare il naso avvicinandosi alle bambine. Da un po' di tempo, ho avviato la separazione ed esco con un ragazzo, uno che vedevo quando ero al liceo. Insomma sono riuscita a tagliare i ponti, ma se Gibrit tornasse e fosse di nuovo quello che ho conosciuto, io manderei all'aria tutto e ricomincerei con lui.

Attratta dalle persone diverse

Se il nostro amore si è perso, in gran parte è colpa di questo paese. Il resto dipende dall'Africa, dalla sua educazione, dai suoi capricci di ragazzo.

Stavamo insieme da un po', quando mio padre si è messo di traverso. Mi ha detto: «Finché siete amici io non ho problemi, ma non mi va che un domani tu possa sposarlo, perché sicuramente andrete a finire male. E non perché lui è nero, ma perché fate parte di due mondi troppo diversi. Prima o poi le differenze emergeranno, e allora arriveranno anche i problemi». Io non l'ho neanche ascoltato, ho sempre pensato: *Se devo sbagliare voglio sbagliare con la mia testa. Okay, tu sei mio padre, è ovvio che cerchi di darmi un consiglio, però lasciami provare, poi sarò io un domani a dirti che avevi ragione.* E invece lui si è impuntato: «O stai con lui e te ne vai via da qui, altrimenti rinunci e ricominci la tua vita come prima». Io ho ascoltato il cuore e sono andata via. Abitavamo in una camera d'affitto in qualche paese quassù, un po' più vicino al lago. Visto che avevo rotto con la famiglia stavamo progettando di andare a vivere definitivamente in Senegal. Ma quando è nata la prima bambina le cose, almeno con la mia famiglia, si sono accomodate.

Io stavo a casa e lui lavorava come operaio. Però era scontento. «Ho studiato, so quattro lingue, non mi va di scaricare casse solo perché sono nero.» I miei amici, quelli veri, li aveva conquistati tutti, ma tra i conoscenti le battute erano queste: «Tu sei pazza, con un *neger*? Una come te... non so cosa ti mancava», oppure, nel migliore dei casi: «Tanto, quanto vuoi che duri?» La cosa più pesante però erano gli sguardi della gente. Gibrit diceva sempre: «Qui non c'è pudore». E ogni tanto scattava. Mi ricordo una volta, eravamo andati a fare la spesa con la bambina nella carrozzella. Una coppia mista a Telgate non è comune oggi, figuriamoci sette anni fa. E la curiosità la posso anche capire, ma gli impiccioni no. La gente ci guardava, cercava di sporgersi per vedere la piccola. Finché lui è sbottato: «Vuol vedere di che colore è venuta signora?»

Gibrit era nervoso, sempre arrabbiato. Allora mio padre gli ha prestato i soldi che aveva da parte per avviare un lavoro nuovo: un import-export con il Senegal, che è quello che fa ancora oggi. All'inizio ha funzionato. Andava spesso in Africa e un po' per volta ha cominciato ad allontanarsi. Qualche volta mi ha portata con lui ed era bello. Stare a Dakar mi piaceva, mi divertivo tantissimo. Ho fatto amicizia con tutte le sue sorelle e le cugine. Con loro sono ancora in buoni rapporti. Quando stava per nascere la seconda bambina lui ha voluto che tornassi in Italia. Io stavo così bene che l'avrei fatta lì, ci sono tante cliniche francesi. E invece quando sono arrivata al settimo mese di gravidanza, ha insistito perché rientrassi in Italia. «Non mi fido», mi ha detto. Così sono tornata a casa, e lui no. Non è venuto neppure quando è nata la piccola. La verità è che cominciava a stufarsi. Con i soldi di mio padre in Senegal poteva fare la bella vita senza sbattersi. Mi hanno detto che girava sulle auto di lusso, quelle che avrebbe dovuto vendere, coi vestiti di marca del cugino. La sua è una delle famiglie più in vista del paese e Gibrit aveva vissuto quasi sempre all'estero, aveva ricevuto un'educazione europea. Senza di noi, è tornato a fare il ragazzino ricco. La lontananza ha logorato il nostro rapporto. All'inizio stava fuori un paio di mesi, poi, cinque, poi sei, alla fine ci siamo distaccati.

Ha avuto tante storie. Io lo avevo avvertito: «Stai fuori tanti mesi, sei giovane, se vuoi puoi andare con una donna, fallo, ma niente storie». E invece ne ha avute... il fatto è che lui non sa mentire e io ci mettevo niente a scoprirlo. Lo capivo subito, dal tono di voce, dal modo di fare. E non lo faceva per farmi uno sgarbo, mi tradiva perché lui è un narciso nato e gli piace troppo piacere. L'ho perdonato tante volte, ma ogni volta era peggio. L'ultima è stata un spagnola, una giornalista della BBC. L'ha conosciuta in Senegal. Andava a trovarla in albergo e chissà quante balle le ha raccontato, le aveva promesso che l'avrebbe sposata. Così quando ho scovato il suo numero l'ho chiamata, a Londra. Abbiamo parlato un bel po'. È stata una specie di rivelazione per tutte e due. Lei è caduta dalle nuvole quando ha saputo che era sposato e aveva due bambine in Italia. Io ho scoperto un altro Gibrit. Con me faceva il puro, parlava sempre di religione non beveva e mi aveva chiesto di fare altrettanto. Mi sentivo in colpa persino al brindisi di Natale. Con lei si prendeva delle sbornie clamorose.

Già, bel guaio la religione. Io non ce l'ho coi musulmani perché è vero che non sono tutti fondamentalisti. Però le donne le tengono proprio in secondo piano. Non sono tutelate abbastanza, è un po' come era qui cento anni fa. L'uomo può fare tutto quello che vuole e la donna dovrebbe starsene a casa a guardare i bambini. E quello che fanno non c'entra niente col Corano, che io ho letto. Lo utilizzano per legalizzare le corna. E pensare che all'inizio ero pronta anche a convertirmi, avevo fatto addirittura un Ramadan, poi ho rinunciato, ma ho permesso che le bambine seguissero la sua religione, col risultato che adesso non hanno nessuna religione, né la mia né la sua.

Se lui mi ha abbandonato qui con le bambine è perché sa che tanto c'è mia madre ad aiutarci. Dalle sue parti succede un po' così: donne e bambini da una parte, gli uomini dall'altra. Neppure lui ha mai vissuto con suo padre. Le volte che torna in Italia vorrebbe stare qui con noi. Ci considera ancora la sua famiglia. È per questo che abbiamo litigato l'ultima volta che ci siamo visti. A me però ha fatto molto bene sbatterlo fuori di casa. Ho smesso di prendere psicofarmaci, esco col mio vecchio compagno di scuola e ho avviato le pratiche della separazione. Non è il sentimento nei suoi confronti a essere cambiato, è il nostro rapporto che non può esistere.

Io sono sempre stata attratta dalle persone un po' diverse, le altre culture mi affascinano fin da piccola e avrei voluto viaggiare. Uno come Gibrit era nel mio destino. Ci ho pensato tante volte, da quando le cose hanno cominciato ad andare male, ma ancora adesso, ogni volta che racconto questa storia, mi dico: «Avrò anche sbagliato ma non sono pentita».

Giorgia
L'operaia di Melfi

LE UNDICI DEL MATTINO

«Alla fine di aprile la polizia iniziò a caricare alle sei della mattina. Noi abbiamo resistito per quattro ore. La calma è tornata alle dieci e mezza ed è stato allora che mi è venuta l'idea. Ho preso dei fiori e li ho offerti ai poliziotti. Volevo fargli capire che eravamo lavoratori, come loro, che non era contro la polizia che combattevamo ma contro chi calpestava i nostri diritti. Quattro giorni più tardi la Fiat ha deciso di cedere.»

Avevamo appena visto un servizio di un tg Mediaset sulle proteste alla Fiat di Melfi. Erano settimane che gli operai scioperavano, e Studio Aperto dedicò alla notizia delle cariche della polizia un titolo piuttosto ostile agli operai in lotta. In quei giorni su diversi giornali comparve la foto di una ragazza che offriva fiori ai poliziotti. Era Giorgia. L'abbiamo cercata e le abbiamo parlato diverse volte, prima e dopo il suo matrimonio. Questa è la sua storia.

Il giorno che mi è arrivata la lettera da Torino ho fatto salti di gioia. Non mi sembrava vero. Sarei finalmente uscita di casa, avrei guadagnato soldi miei, avrei conosciuto gente nuova. Addio ai lavoretti precari, addio al babysitteraggio.

A Bari, la mia città, avevo studiato all'istituto tecnico industriale, ma dopo il diploma ero tornata alla vita lenta, allo struscio. Avevo fatto una sola domanda di assunzione, alla Fiat. Si parlava molto di quella fabbrica «modello giapponese» che doveva nascere dalle nostre parti, ma quando ho fatto la domanda io ancora non c'era neppure lo stabilimento. Mi hanno accettata e sono partita subito per Melfi. C'era bisogno di operai e impiegati alla manutenzione. Io sono stata presa come impiegata. È stata una selezione lunga: test attitudinali, quiz, colloqui, incontri con psicologi. È durata tutto il giorno, ma alla fine quando mi hanno detto che ce l'avevo fatta, mi sono sentita un'altra. Assunta. Sono corsa a casa e abbiamo festeggiato. Sarei dovuta andare a Torino per un breve corso. Ero al settimo cielo. Lo stipendio, con la trasferta corrispondeva a 1.250 euro. Un'assunzione vera con i contributi e tutto. Iniziava la mia vita indipendente.

Il sogno: una fabbrica perfetta

Il corso è stato il periodo più felice della mia vita. Eravamo ospitati in dei residence e di giorno seguivamo le lezioni alla Fiat. Ho conosciuto persone nuove, ragazzi come me, che per la prima volta assaggiavano una sensazione di libertà e di autonomia. Ma non era soltanto quello. Eravamo così orgogliosi... Proprio noi del Sud avremmo costruito una fabbrica diversa, una fabbrica più efficiente di quelle giapponesi, dove i robot avrebbero fatto gli operai e noi ragazzi – allora eravamo tutti giovanissimi – saremmo stati il valore aggiunto. Eravamo convinti che toccasse a noi, altra generazione rispetto ai vecchi operai, costruire questa fabbrica speciale. Con loro, il gruppo con cui poi ho passato gli ultimi dodici anni della mia vita, si è creato subito un bel rapporto. Per la maggior parte erano dei dintorni di Melfi. Io ero una delle poche che veniva da Bari.

Poi siamo tornati a Melfi ed è cominciata l'avventura. All'inizio ci sembrava tutto diverso, tutto speciale: anche andare a lavorare in macchina era bello. Durante la settimana vivevo a Venosa, una ventina di chilometri da Melfi. All'inizio dividevo un appartamento con un'amica, e tutti i fine settimana tornavo a casa.

E poi c'era l'orgoglio. Ci sentivamo i più bravi, i più in gamba, quelli moderni, quelli scelti. Mio padre è stato un sindacalista, io invece volevo soltanto lavorare, volevo un ruolo in fabbrica, volevo dare il massimo. Pensavo che attraverso il lavoro mi sarei fatta strada. Ci ho messo un po' di anni a capire che mi sbagliavo, che il modello Fiat esige solo un rispetto assoluto delle norme e dei regolamenti. Di quello che penso o faccio io non gli importa niente. Siamo solo dei numeri, e l'unica elasticità che ci chiedono è di essere disponibili a fare tutto.

Da dove nasce la delusione? A Torino avevamo imparato che avremmo dovuto contribuire a costruire insieme al gruppo soluzioni per il nostro lavoro. Ma non era vero, siamo sempre stati dei burattini e l'azienda ha sempre deciso unilateralmente.

I dirigenti lo dicono ancora: se un operaio ha un'idea per migliorare la qualità riceve un aumento in busta paga. Ma l'unica idea che gli interessa è come alzare ancora i ritmi di produzione.

Un'altra storia che ho letto di recente sui giornali: hanno parlato tanto di quel gruppo di operai che ha studiato, ma non è andata come l'hanno raccontata loro. Operai che si laureano in fabbrica e fanno carriera. No, anche quella è una storia ambigua. Intanto perché non si capisce come i venti operai che hanno avuto la possibilità di prendere una laurea breve siano stati selezionati. Ha deciso l'azienda e non si è mai capito in base a quale criterio. E comunque, alla fine è stata una presa in giro: di tutti e venti solo due o tre sono stati promossi, per gli altri non è stata che un'altra delusione.

Io lavoro alla manutenzione preventiva delle linee di montaggio, tengo i contatti con le ditte esterne, faccio gli acquisti dei pezzi di ricambio. All'inizio avevamo pensato che questa avrebbe dovuto essere un'azienda diversa rispetto a Mirafiori. Dovevamo essere un'azienda d'alta qualità. In teoria un operaio avrebbe potuto fermare l'impianto se vedeva che c'era qualcosa che non era fatto come avrebbe dovuto. Non è mai successo, non è mai stato possibile. Per noi impiegati, poi, è ancora peggio. Come avremmo potuto intervenire sui progetti se quelli arrivano già belli e chiusi da Torino? Eravamo così poco importanti che alla fine del Duemila ci hanno ceduto a un'azienda collegata.

La delusione ha cominciato a nascere quando ho capito che alla Fiat non importa niente degli individui. L'unica cosa in cui sono bravissimi è fioccare multe, richiami e punizioni a chi non rispetta quel groviglio di regole, gli orari, la procedura... fino al marzo scorso sembrava una caserma. Poco alla volta si è ribaltato lo spirito con cui eravamo entrati a Melfi: non davano nessun valore al contributo del tuo lavoro. Ci hanno fatto tutti i contratti di formazione che sono riusciti a collezionare. Ci utilizzavano per le cose più varie, non solo quello che era previsto nelle nostre mansioni. Dovevamo tappare tutti i buchi che via via si aprivano. Dovevo occuparmi delle cose più strambe. Però servivamo solo quando piaceva a loro. Poi sono iniziate le dimissioni, i licenziamenti. Neanche la mia compagna di casa ha retto, non ce l'ha fatta a vivere nel sistema Fiat. Alla fine ha mollato, si è licenziata. O forse semplicemente ha capito che in fabbrica, comunque, non c'è posto per un modo diverso di lavorare. Pensavamo di essere diversi da quelli di Mirafiori, invece avevamo solo vent'anni e la testa piena di illusioni.

Il risveglio: una fabbrica più umana

Quando ho aperto gli occhi sono entrata nel sindacato. È stato con loro che ho iniziato a riprendermi un po' di dignità. Mi è tornata la voglia di far cambiare le cose. Qualcosa di simile a quello che ho provato all'inizio dell'avventura a Melfi. E qualcosa è cambiato davvero. Volevamo rendere la fabbrica un po' più a portata d'uomo e adesso il clima è molto cambiato. Prima gli operai neppure si avvicinavano a noi del sindacato, ma da quando abbiamo vinto, le cose si sono messe tutte in un altro modo. Ora gli operai sono più consapevoli che la fabbrica si può cambiare. L'azienda si è rimangiata tutti i provvedimenti disciplinari. Ora i dirigenti si rivolgono a noi in un altro modo. Non so quanto durerà, appena siamo rientrati in fabbrica, dopo i ventun giorni di sciopero di maggio, sembrava tutto ribaltato, ma si vede che per loro, per i dirigenti, è solo un atteggiamento.

Adesso è passato un po' di tempo. Quello che di diverso è rimasto e penso che rimarrà, è l'atteggiamento dei lavoratori. Certo i capi ora si rivolgono agli operai e anche a noi in un altro modo, sono più sorridenti. Prima arrivavano a condizionare anche la vita privata: se uno aveva bisogno di un giorno di ferie, prima di ottenerlo stai certo che doveva farne un caso. Adesso non è più così anche se loro hanno già ricominciato a spingere per ripristinare le vecchie regole. Il loro obiettivo è reintrodurre l'unico sistema che conoscono, ma almeno adesso lo sappiamo dove lavoriamo. Ci siamo tolti ogni illusione e sappiamo che soltanto noi possiamo difenderci, e ci riusciamo soltanto se smettiamo di subire e di abbassare la testa.

Adesso che mi sono sposata, vivo nell'appartamento di Venosa con mio marito. No, la mia vita non è cambiata tanto col matrimonio. È cambiato che la sera, quando torno a casa, almeno abbiamo qualcosa di più vario e diverso di cui parlare, perché lui non lavora alla Fiat ma in un'impresa edile.

Marina
La pittrice di Filicudi

MEZZOGIORNO

«È l'ora in cui si mette in moto la mia energia. Da quando mi sono trasferita sull'isola vivo in modo più naturale. A differenza di quando abitavo in città, ora sono le ore più luminose quelle che vivo più intensamente.»

Chi non ha mai pensato, almeno per un attimo, di fuggire su un'isola? Questa è la storia di una donna che l'ha fatto davvero.

Dodici anni fa una giovane pittrice napoletana, dopo un periodo di malattia, ha deciso di cambiare vita e si è trasferita a Filicudi, nelle Eolie. Quella che agli altri sembrava una fuga era in realtà una scelta di vita: col tempo l'isola ha prodotto il suo effetto e le ha portato molte delle cose che cercava. Adesso è lei che vuole migliorare un po' l'isola.

Mi chiamo Marina, ho quarantacinque anni e sono l'ultima dei cavernicoli di Filicudi. Il primo è stato un tedesco che si è stabilito nell'isola trentatré anni fa, un vecchio hippy un po' svitato. Tiene ancora duro, ma ci sono periodi lunghi in cui non si fa vedere nella sua grotta. Ne è rimasto qualcun altro, quel che resta del gruppo di fricchettoni che negli anni Settanta vennero a cercare in quest'isola un modo diverso di vivere. Ora sono tutti invecchiati e non saprei dire quanti di loro hanno trovato quello che cercavano. Anche io vengo da quel modo di pensare, ma in questo l'isola mi ha cambiata.

Sono arrivata a Filicudi per la prima volta ventisette anni fa e ci vivo dal 1992. Negli anni Settanta tutte le case che si vedono oggi, quando si scende dalla nave, non esistevano: c'erano solo ruderi e abitazioni abbandonate. Quando ero soltanto una ragazzina, e i miei amici erano più giovani, ogni estate entravamo in una casa diroccata, sistemavamo quel che ci serviva – magari ci bastava mettere una tenda – e passavamo così le vacanze. La cosa più importante era la cisterna dell'acqua, di tutto il resto potevamo fare a meno. Quando mi sono stabilita qui, anni dopo, l'isola era già molto cambiata. Non c'erano più case disponibili. Trovavi da affittare per l'inverno, ma a luglio dovevi lasciare. Io avevo difficoltà a spostarmi in continuazione per via di tutto il materiale che avevo nell'atelier. Così dopo due o tre anni di traslochi, ho trovato la soluzione della grotta.

Adesso la mia grotta è più accogliente e asciutta di una casa in muratura. È calda d'inverno e fresca d'estate. E tutti quelli che la vedono restano incantati. Forse anche perché molti oggetti e una buona parte dell'arredamento li ho costruiti personalmente in uno stile che definirei – ma non vorrei sembrare immodesta – «elfico». La grotta si trova in cima a uno scoglio dal quale si domina l'azzurro mare delle Eolie. Un eremo che si raggiunge solo a piedi, dopo un'arrampicata di un'ora. C'è una porta d'ingresso in vetro per illuminarla e ho fatto dare al pavimento una pendenza tale che in qualunque punto della grotta ci si trovi si possa sempre vedere il mare. C'è l'elettricità, e tutto quello che serve a una casa confortevole. Attraverso Internet e il cellulare riesco a mantenere i collegamenti con il resto del mondo. L'unico inconveniente sono le dimensioni: è un po' piccola per le mie esigenze, soprattutto adesso che, da qualche anno, ho un compagno, artista anche lui. Ora, però, ne stiamo ristrutturando un'altra, vicinissima, per adibirla a laboratorio e atelier. Tempo fa sono persino venuti dei fotografi dalla terraferma per riprendere la mia grotta. Mi veniva da sorridere a pensare che la mia scelta alternativa e controcorrente adesso è considerata una «moda» e viene pubblicata sulle riviste. Un periodico napoletano, specializzato in architettura d'interni, ci ha dedicato la copertina. Io però non seguo molto i giornali e la televisione, e neppure le mode e le tendenze, se non per quanto ritengo davvero essenziale e importante. Anche per questo resto un po' ai margini nel mondo dell'arte, nonostante il fatto che viva di quello.

Meglio l'arte o la vita?

Qualche volta penso: per venire a vivere a Filicudi ho rinunciato alle mie aspirazioni, alla mia carriera d'artista. Ma chissà se, col caratteraccio che mi ritrovo, ne avrei mai avuta una: troppo intransigente, idealista, innamorata del bello e della semplicità. In ogni caso non sono pentita e anche con il lavoro, da qualche anno a questa parte, sta andando sempre meglio. Realizzo sculture luminose, delle «lampade», oggetti in legno dipinto e molte altre cose.

Insieme a un gruppo di amici, poi, in particolare con

Maria Vittoria e Giorgio, abbiamo ripristinato tutti i vecchi sentieri dell'isola, che poi ho contrassegnato con dei simboli di mia invenzione, dipinti sulle pietre. Ogni anno, all'inizio della stagione, andiamo a rinfrescare le tracce, così quando arrivano i turisti non si perdono tra i rovi. C'è anche una mappa dipinta proprio di fronte all'imbarcadero ed è una delle prime cose che si vedono appena sbarcati. Una versione ridotta, su carta, si può acquistare nei negozi.

Riesco a vivere senza problemi, in modo assai sobrio naturalmente, e con i miei risparmi ho prodotto insieme ad Antonio, il mio compagno, un lungometraggio. Si intitola *Il viaggio di Er* e lo abbiamo girato quest'inverno con l'aiuto degli abitanti dell'isola. È stato bello e faticoso, diverso da come sarebbe stato girare in città, anche perché abbiamo fatto tutto in pochi. Non avevamo a disposizione sceneggiatori, registi, scenografi, costumisti, e nemmeno tanti vestiti. Insomma una cosa un po' artigianale come quelle che facciamo qui. Questo lungometraggio, prodotto di autentica riscoperta e divulgazione del patrimonio culturale mediterraneo, vuole restituire il mito ai luoghi del mito. È un'operazione di valorizzazione dell'ambiente delle nostre isole e la partecipazione corale dei filicudari gli ha conferito tutti i caratteri di una vera e propria attività di animazione culturale sul territorio. Il ricavato del film sarà destinato alla realizzazione di altre produzioni, sempre ambientate nelle Eolie e ispirate alle stesse finalità.

I miei lavori non sono influenzati dallo stile del momento: è il prezzo che ho pagato quando mi sono trasferita qui, ma forse è stata una scelta. È quest'isola che ti spinge lentamente ad abbandonare tutto ciò che non è indispensabile, ciò che è semplicemente l'ultima tendenza. Si impara a vivere con l'essenziale e a lavorare sull'essenziale, senza aspettarsi particolari riconoscimenti dal mondo. Quello che arriva in più è bene accetto, ma lo considero ancora quello che è: qualcosa di effimero.

Rinascere a Filicudi

Non ho mai amato il traffico, i rumori e la confusione della città. Ma la spinta a stabilirmi qui è venuta dalla malattia. Una malattia che pensavo mortale, e che per fortuna si è risolta bene. È successo quando avevo all'incirca ventotto anni. Vivevo a Roma, e lavoravo nel cinema come scenografa. All'improvviso la mia salute mi ha tradito. Ho dovuto trascorrere sei mesi in ospedale e subire tre difficili e lunghi interventi chirurgici, di cinque o sei ore ciascuno. La prima volta ho dovuto operarmi d'urgenza, pochi mesi più tardi sono dovuta tornare di nuovo sotto i ferri e questa volta non è andata bene, è stato necessario sottopormi a una nuova operazione. È stato proprio in quel periodo, mentre aspettavo di ristabilirmi per il terzo intervento che è nata la spinta a un cambiamento radicale. Ero disperata e non sapevo come mi avrebbero conciata, come mi sarei potuta svegliare. Alla fine è andata bene. Ma allora non lo sapevo. Mi sono detta: e se il tempo a disposizione non fosse tanto lungo come credevi, che cosa vorresti farne? Ho pensato che questo era il posto dove l'avrei passato più volentieri. A Roma vivevo soprattutto di notte, l'isola mi ha aiutato a riscoprire una dimensione più solare. Fin dall'inizio, qui a Filicudi, andavo in spiaggia, subito dopo le mareggiate, a raccogliere i rami trasportati dalle onde, salivo in montagna e tra i ruderi trovavo cocci, pezzi di metallo arrugginiti e altre stranezze con cui ho cominciato a realizzare le mie prime sculture.

Farsi accettare non è stato difficile, ma neppure tanto facile, e forse soltanto da quest'inverno, quando abbiamo realizzato il film insieme agli abitanti dell'isola, per la prima volta ho sentito che anche loro erano molto orgogliosi di quello che avevamo fatto insieme. Sull'isola vigono regole antichissime: se vieni da fuori sei messo alla prova, un po' come nei racconti epici dell'antica Grecia. In questo luogo non importa chi sei e che cosa hai fatto prima, l'importante è ciò che fai qui, come ti comporti. E anche se chiunque nel bene e nel male viene accettato, l'isola ti mette a nudo... ed è quello che temono tutti, secondo me, dopo un po' che sono qui.

L'isola dell'oblio

C'è chi è venuto a Filicudi per dimenticare ed essere dimenticato dal resto del mondo, ma perlopiù è successo il contrario: sono stati i filicudari a scappare e a dimenticare la loro isola; e alla fine anche quelli che sono rimasti hanno scordato tutto, persino come si viveva qui fino a sessanta anni fa. Nel dopoguerra in quest'isola c'erano 3.000 abitanti. Ora d'inverno siamo 280, sparsi in tre frazioni. Alcune zone, nella parte principale dell'isola, sono ormai completamente disabitate. L'emigrazione ha svuotato i paesi nel giro di pochi decenni: sono scappati quasi tutti, tutti quelli che avevano un po' d'intraprendenza o un mestiere che speravano li avrebbe aiutati a sopravvivere nel mondo. Il risultato è la perdita persino del ricordo. Le donne non sanno più cucinare i piatti della tradizione o ricamare, al massimo coltivano un pezzetto d'orto. Ci sono ancora le terrazze – erano tutte terre fruttifere –, ma sono abbandonate. Qui non c'è una biblioteca, non c'è neanche un comune e il sindaco di Lipari, da cui dipendiamo, pensa soprattutto all'isola principale dove sono concentrati il maggior numero di abitanti. Il turismo ha portato benessere e ricchezza, ma mancano completamente le strutture sociali; servirebbe uno spazio per incontrarsi, perché, soprattutto d'inverno, la vita è piuttosto dura. Soltanto il bar della pensione Villa La Rosa resta aperto e offre qualche opportunità di incontro e svago.

Per fortuna ci sono i ragazzi e vederli crescere è la gioia dell'isola. L'unico edificio scolastico ospita asilo ed elementari, il che nel complesso è sufficiente per le esigenze dell'isola. Gli alunni sono pochi e così tutte le classi fanno lezione insieme, e questo è addirittura un vantaggio per l'integrazione tra i bambini. Manca invece una scuola media, c'è solo un centro preparazione esami che aiuta i ragazzi a sostenere alla fine dell'anno scolastico la prova di ammissione al corso successivo. Sono proprio loro, i ragazzi, i nostri migliori amici ed è con loro che ci piacerebbe avere altre occasioni di collaborazione, come durante il carnevale del 2001 quando realizzammo maschere e costumi usando materiali di recupero.

A Filicudi non c'è quasi niente e perciò si colgono tutte le occasioni per festeggiare e Carnevale è una di queste. La tradizione locale è che i ragazzi si vestono di stracci e si mascherano completamente, anche la faccia. Così quando passano per strada tutti cercano di farli parlare per scoprire chi sono, magari li toccano, li pizzicano... Noi che lavoriamo molto con gli oggetti che troviamo sulle spiagge o nella campagna li abbiamo aiutati a costruire delle maschere più sofisticate. È che i giovani sono anche i più aperti alle novità, i più disponibili a sperimentare. A proposito di Carnevale e della nostra voglia di far festa qualcuno ha detto che siamo l'Isola di Peter Pan, ma è un'espressione che non condivido; la sindrome di Peter Pan a me sembra una caratteristica dei nostri tempi, diffusa ovunque. A Filicudi semmai vengono a rifugiarsi persone più idealiste, magari un po' disadattate, persone meno disposte ai compromessi, come mi sentivo io quando ho lasciato Roma.

Non ho più viaggiato molto da quando sono qui. Ho trovato «il mio posto nel mondo», per ora. Forse sono diventata una vera isolana, più di quelli che ci sono nati. Probabilmente perché a loro è capitato di nascere a Filicudi, mentre io l'ho scelto.

Daniela
Il castello di spille

L'UNA DEL POMERIGGIO

«Il mio ragazzo mi aveva chiesto di mollare tutto: lavoro e famiglia. E io ho scelto la vita. Ho lasciato lui per non rinunciare a niente di tutto questo.»

È una ragazza molto femminile, di una buona famiglia borghese. Dopo sei mesi di ricovero in una clinica di Chieti, specializzata in disturbi dell'alimentazione, dove ha voluto uscire dall'incubo dell'anoressia, è tornata a vivere con i suoi. Lavora, e tra i suoi desideri c'è quello di riprendere gli studi all'università.

Il mio nome è Daniela, ho compiuto venticinque anni da pochi giorni. Vengo da Palermo, seconda di tre figlie. Dell'infanzia ho bei ricordi: ero romantica, con la testa sempre tra le nuvole. Mi piacevano le favole e mi piaceva fantasticare. Davanti allo specchio passavo delle ore. Quando mi hanno violentata avevo cinque anni. Un dolore che ho cucito nella testa fino a convincermi di averlo solo fantasticato. Era quello che avevo promesso al mio stupratore: custodire il nostro piccolo segreto, e sono riuscita a mantenerlo per diciassette anni. Soltanto che io lo chiamavo il mio incubo notturno. Lo sognavo tutte le notti. Per lui che aveva undici anni è stato un gioco. Per me no, anzi. Mi ha cambiato la vita. Sono diventata una bambina insicura, avevo mille paure, ero sempre alla ricerca di affetto, soprattutto da parte della famiglia. E meno male che c'era mio padre, che aveva un debole per me. Con mia madre, invece, così riservata, non riuscivo a trovare un punto d'incontro. Non capivo i suoi segnali d'affetto, non riuscivo a chiederle aiuto.

Un vuoto dentro

Ricordo una grande solitudine e ricordo di essermi rifatta con la scuola. Sono diventata perfezionista, sempre a caccia del consenso degli altri, non mi accontentavo mai e studiavo tantissimo. Mi ero ricreata un mondo nello studio e questo fino all'età di tredici anni, quando ho avuto il primo ciclo mestruale e allora sono ricominciati i guai. Si è allentato il rapporto con mio padre. Non capivo né accettavo quello che mi stava succedendo. Non capivo soprattutto perché mai il mio corpo stesse cambiando e la mia testa no. Perché i miei pensieri erano ancora quelli di una bambina che non voleva crescere, anche se tutti mi dicevano che ormai ero una donna. Comunque, visto che insistevano tanto, mi sono caricata di questo altro peso. Ho provato a essere più responsabile, con la testa sulle spalle, sempre compita, seria, educata. Mai un ritardo, mai un errore, non dovevo sbagliare niente. Soltanto che, a un certo punto, non ho più sopportato la situazione, non ce l'ho più fatta. Così, durante l'adolescenza, ho cominciato a trasgredire. A modo mio naturalmente: non rispettavo gli orari, discutevo in casa se non mi volevano mandare a una festa. Continuavo a non sentirmi capita, ma il peggio è che anch'io non capivo cosa volevo, né perché stavo così male.

Soffrivo, sentivo la solitudine, provavo un vuoto dentro, però non capivo la ragione e mi arrabbiavo. Prima con me stessa e poi con gli altri che non riuscivano a venirmi incontro. Era una rabbia che cresceva, fino a quando l'ho trasferita sul corpo: ho cominciato a vedermi grassa perché a quel punto la mia autostima era proprio caduta in basso. Nel momento in cui ho iniziato a non obbedire più ai miei genitori, ha preso a crescere il senso di colpa. Poi è cominciata una tormentatissima vita sentimentale. L'abuso che avevo sofferto mi aveva trasformata e, nel momento in cui ho avuto i primi approcci al sesso, non sapevo come comportarmi, pensavo soltanto ad accontentare l'altro. Anche se poi tornavo a casa e piangevo. Era come rivivere quello stupro. Gli anni erano passati ma la situazione era identica: un bel ragazzo che mi chiede di stare con lui, io che acconsento per farlo contento. Ora lo faccio spontaneamente, mentre quella volta ricordo bene di essermi dimenata e ricordo anche lui che mi bloccava e mi diceva: « Non ti preoccupare, questo è il nostro piccolo segreto, stai tranquilla ».

Mi comportavo così perché a me nessuno aveva mai insegnato un altro modo. Di certo non potevo parlarne in famiglia perché la mia è una famiglia abbastanza tradizionalista. Ho sempre sentito dire: « Bisogna arrivare vergini al matrimonio altrimenti... » E con questo l'argomento era esaurito. E io, invece, ho perso la verginità e mi sono sentita malissimo. Perché a me non era piaciuto e per di più avevo tradito i miei, perché sentivo di avere fatto qualcosa di sbagliato. Ma tanto quello che volevo io non contava più, vivevo soltanto per gli altri: Daniela poteva soffrire, Daniela poteva star male, tanto Daniela sopportava tutto. Ho continuato così, avendo anche altre storie, fino a quando la mia testa non ce l'ha fatta più. Ho cominciato a dirmi che facevo schifo, che non valevo niente, che ero una nullità. La mia disistima era arrivata a un livello tale da farmi male.

La malattia

L'unica via d'uscita l'ho trovata nella malattia, nell'anoressia. La dieta è iniziata quando il ragazzo di allora mi ha lasciato. O meglio, quando ho cominciato a dire no. Ero sempre stata accondiscendente, l'unica volta che mi sono rifiutata, lui è andato via. Ho avuto la conferma che i miei legami sentimentali erano poca cosa e così ho cominciato a togliere qualcosa, a eliminare i cibi, fino a quando mi sono ridotta a una mela al giorno. Alcuni giorni bevevo solo una bottiglietta d'acqua da mezzo litro.

All'inizio mi sentivo forte perché avevo riacquistato il pieno controllo di me stessa. Ero io a decidere cosa mangiare e cosa non mangiare, ero io che dicevo: «Mamma io questo non lo voglio». Mi sembrava che quello che accadeva con l'alimentazione, accadeva anche nella mia vita. Ma invece di acquistare il controllo, lo perdevo. E più toglievo dalla mia dieta, più continuavo a togliere alla mia vita. Ero irascibile, non volevo più uscire, non mi riconoscevo più, avevo perso concentrazione, non riuscivo a studiare né a fare altro. Prima mi piaceva uscire, aggiustarmi, fare due chiacchiere con le amiche... Di punto in bianco, niente, chiusura totale. Anche in famiglia non ero più me stessa. Rispondevo male, sbattevo le porte, mi chiudevo in camera e mangiavo da sola. Niente più Natale, Pasqua, le feste in cui di solito andiamo a fare gli auguri ai nonni e agli zii. Non volevo più sentir dire che stavo male, perché non lo ammettevo neanche con me stessa.

Una grande delusione è arrivata all'esame di maturità. Ho avuto un voto più basso di quello che mi aspettavo. Così ho abbandonato l'idea di andare all'università e ho cominciato a lavorare. Ho trasferito lì le mie ossessioni, passando anche dodici ore al lavoro.

Poi, dopo più di un anno che continuavo a rifiutare il cibo, ho iniziato a mangiare e rigettare. Ogni tanto mi autoinducevo il vomito. Alternavo periodi di digiuno a giorni in cui mi abbuffavo e vomitavo. Questo periodo è durato almeno quattro anni. Mi sembrava di fare qualcosa per me, per la prima volta nella mia vita. Sarà stata autodistruzione, ma era tutto per me. In un certo senso mi ero ricreata il mondo fantastico della mia infanzia. Certo, non era una favola però era un mondo mio, di solitudine, di sofferenza, ma tutto mio. Penso che la TV con i modelli anoressici che ci propina abbia influito molto. Mi piacevano le ragazze con i corpi scheletrici. Adesso li guardo e sorrido. So che gli stilisti li scelgono perché non devono attirare l'attenzione sulla modella, ma sull'abito. Una donna più formosa attirerebbe di più lo sguardo sul corpo che non sul resto.

La svolta

Mi sentivo meglio, ma non stavo affatto bene. La mia vita girava esclusivamente intorno al cibo e alla palestra. Fino a quando, scomparse le mestruazioni, persi diversi chili, crollati i nervi, finalmente mi sono rivolta a qualcuno. Mi sono resa conto che così non potevo andare avanti. Un circolo vizioso dal quale a un certo punto ho voluto uscire. Avevo ventitré anni e volevo condurre una vita spensierata, con tutti gli ostacoli che si possono incontrare, ma non più con le sofferenze di quella malattia, con i muri che il male ti alza intorno. Una ginecologa mi ha indirizzato all'ABA di Roma [Associazione Bulimia Anoressia], dove mi sono curata per più di un anno. Facevo terapia di gruppo una volta alla settimana. Non è stato facile. Per prima cosa ho dovuto accettare di trasformare di nuovo il mio corpo, di riacquistare le forme che avevo sempre odiato e che avevo cancellato perché non accettavo la mia femminilità. E questa era la prima parte del programma.

Il cibo come medicina, l'alimentazione meccanica, era un concetto che non mi entrava bene in testa. *Un piatto di pasta non è una medicina, è cibo! Perché mi vogliono fare il lavaggio al cervello?* Però poi, piano piano, ho capito, ho iniziato a riconoscere l'anoressia come malattia. Senza questo peso addosso, ho imparato a capire che non erano l'aspirina o l'aulin la medicina... era il cibo la vera medicina.

Non è mai stato facile per me prendere delle decisioni, in particolare quando a entrare in gioco sono stati i sentimenti, l'amore. Inizialmente ho aggirato l'ostacolo attribuendo il compito al mio ragazzo. Volevo che fosse lui ad assumere il ruolo di regista della mia vita, che fosse lui a scrivere un copione che io, da brava protagonista, fossi in grado di recitare.

Poi c'è stata un'evoluzione. Mi sono resa conto che stavo commettendo un grosso errore. Uscita dalla clinica, avevo creduto di essere guarita e invece, senza rendermene conto, sono andata alla ricerca di una nuova forma di dipendenza. Ma era un amore malato, un ragazzo sbagliato, geloso e possessivo. Credevo di amarlo, ma in realtà ero ancora legata alla malattia, alla mia armatura che mi proteggeva dalla paura di aprire le ali alla conquista della libertà. Poi ho capito che amare non è rinunciare a vivere. È successo quando mi ha chiesto di andare a vivere con lui, di rinunciare alla mia famiglia e di lasciare il lavoro. La proposta era nell'aria già da qualche mese, ma mi ero rifiutata di capirlo. Troppo difficile da accettare. L'ultimatum ha scatenato un forte conflitto interiore. Che fare?

Lasciarlo non è stata una decisione facile.

Proprio in questi giorni mi sono resa conto che sono veramente felice. È vero che ogni tanto c'è qualche scivolata, i pensieri corrono al cibo. Non è facile lasciare l'anoressia. Rimane sempre quel legame, quel piccolo vantaggio che la malattia sembra darti. Ma adesso sento di aver imboccato la strada giusta. Non bado più al giudizio degli altri. Adesso l'importante è quello che voglio io. Ho riscoperto cosa significa avere dei progetti, apprezzare qualcosa, voler bene, cosa significa arrabbiarsi, comunicare. Ho un bel lavoro, una famiglia che mi adora (l'affetto è reciproco) e ora ho anche un ragazzo che mi ama e che mi lascia il mio giusto spazio di libertà.

Giulia
Dodici anni d'amore (senza contare i prossimi)

LE DUE DEL POMERIGGIO

«Aspettavo una telefonata di Babacar e siccome non arrivava mai, ho deciso di andarmene, di partire da sola. Ho fatto la valigia e ho guardato la sveglia: alle due esatte sarei uscita di casa. Ero già sulla porta quando è suonato il telefono.»

Quarant'anni lei, quarantacinque lui. Giulia ha occhi nocciola e un'aria molto inglese, o francese a seconda del taglio di capelli. Babacar sfiora i due metri, un passo molto elegante; è senegalese. Giulia e Babacar sono una coppia d'intellettuali molto unita. Hanno una bambina di otto anni, Fatu. Vivono a Milano. Babacar è un'autorità riconosciuta nella comunità dei senegalesi in Italia. Ha scritto un libro sul suo inserimento in Italia e ha collaborato con molti giornali e associazioni progressiste. Ora è impiegato in una libreria. Giulia fa la giornalista da tredici anni. Qualcuno potrebbe obiettare che la loro è una storia di privilegiati. In questo caso vuol dire che i pregiudizi e i luoghi comuni sono gli stessi in tutti gli strati sociali.

Il 21 aprile 2005 sono dodici anni di matrimonio. Ci eravamo conosciuti due anni prima, per caso, a una conferenza stampa. Per un paio di mesi ci siamo frequentati, come amici, poi ci siamo messi insieme. Non avrei mai immaginato di fidanzarmi con un africano. Più tardi ho conosciuto donne con una propensione in questo senso. Io no. Anzi, all'inizio ero abbastanza bloccata: pensare che lui fosse così diverso da me mi turbava. Ricordo che, quando sull'autobus incontravo un ragazzo africano, mi dicevo: *Ma Babacar non è così nero*. Ho impiegato un po' di tempo ad abituarmi. Ma in definitiva direi che la questione della pelle è stata indifferente. Erano altre le qualità e le caratteristiche che mi hanno fatto innamorare.

Certo, abbiamo avuto anche dei momenti brutti, come tutte le coppie. Siamo stati in crisi perché lui voleva più figli: non dieci o sei, si accontentava di un secondo bambino. È successo poco dopo la nascita della nostra Fatu. Ha iniziato a farmi capire che desiderava molto un altro figlio. Io però su questo sono stata inamovibile. E l'ho deluso, so di averlo profondamente deluso e non so ancora come mi abbia perdonata. Se avessimo qualche soldo in più non avrei avuto difficoltà. Ma, pur lavorando in due, non possiamo permetterci nemmeno un piccolo aiuto domestico. Stiamo ancora pagando i debiti fatti quando Babacar è rimasto disoccupato. Un secondo figlio in queste condizioni significherebbe una vita impossibile.

Il resto sono piccole incomprensioni, cose che s'imparano col tempo.

«Amore, guardami negli occhi», gli dicevo sempre i primi tempi che stavamo insieme. Succedeva soprattutto quando io parlavo e lui guardava in aria, come se pensasse ai fatti suoi. «In Senegal si ascolta con le orecchie», mi rispondeva regolarmente. Oppure, se all'ora di cena c'erano amici a casa, io chiedevo: «Mangiate qui?» E loro tutte le volte mi rispondevano di no e se ne andavano. E Babacar zitto. Quando ho chiesto spiegazioni mi ha fatto capire che soltanto il fatto di chiedere era sufficiente per indurre a rifiutare l'invito. Il modo corretto sarebbe stato quello di apparecchiare la tavola e invitarli tutti a mangiare. Ora faccio così: quando è ora di cena preparo per chi c'è. Qualche volta cucino inutilmente mezzo chilo di pasta, all'inizio mi sembrava un vero spreco, ma ora mi sono abituata.

A volte gli racconto di quanto mi hanno fatto arrabbiare al lavoro e di come ho reagito (sempre d'impulso), e quasi sempre Babacar mi lascia sfogare per un po', poi mi chiede: «E hai risolto qualcosa?»

E poi aggiunge: «Come tutti i tubab (i bianchi), parli troppo, troppo in fretta e non ascolti». E ha ragione; ho imparato molte cose da lui, e dalla cultura africana, ma resto una gran chiacchierona.

Indovina con chi sono fidanzata

A un certo punto, quando stavamo insieme già da un po' e volevamo sposarci, ho deciso di dirlo ai miei genitori. Sono stati drammi, drammi dell'altro mondo. Non riuscivo a capacitarmi: per i valori con cui mi hanno educata, non mi aspettavo una reazione del genere. Il fatto è che erano davvero incapaci di accettare un genero musulmano e per di più africano. C'era una differenza tra i miei: mia madre mi sembrava più che altro preoccupata di cosa avrebbero detto gli altri, mio padre invece aveva paura per me, per i rischi che avrei potuto correre.

Fatto sta che siamo stati più di un anno senza vederci.

O meglio, io li andavo a trovare ma quando si toccava l'argomento fidanzato il più delle volte mi alzavo e salutavo. È stato Babacar, tutte le volte che perdevo le staffe, a convincermi a ritornare sui miei passi. Di lui, però, non volevano neppure sentir parlare, figuriamoci di matrimonio. Ho preparato tutto da sola, organizzato la festa, spedito gli inviti... Ho pregato il padre della mia più cara amica, che era morta, di sostituire il mio. Ho pensato che lui, che una figlia l'aveva persa davvero, be', avrebbe fatto lo sforzo di capirmi. Era un regalo per quest'uomo che ha sofferto e una ricompensa per me.

Due giorni prima del matrimonio, la sorpresa: i miei acconsentono a incontrare Babacar. Tornando da una vacanza sarebbero passati da Milano, io e il mio fidanzato saremmo dovuti andare alla stazione per passare con loro il tempo che li separava dalla coincidenza. Peccato che, dopo un anno di inutile attesa, Babacar si era stancato di aspettare. Proprio lui, che per tanti mesi aveva fatto ogni sforzo perché non mi allontanassi dai miei, e mi aveva detto tante cose sagge sulla famiglia, a quel punto non voleva più venire. E quando lui prende una decisione, fargli cambiare idea è quasi impossibile. È stata una mia amica a convincerlo.

Alla fine l'incontro con i miei è stato piuttosto imbarazzante. In quattro, seduti al bar della stazione, con un bicchiere di Coca-Cola davanti e niente da dirsi... Non è stata una grande presentazione, però è servita a sbloccare la situazione, perché due giorni più tardi, alla cerimonia sono venuti anche i miei.

Nonostante tutto il matrimonio è stato bello. C'erano centinaia di amici in festa per noi. E deve essere stato proprio questo a far cambiare completamente opinione a mio padre: vedere tutta quella gente che ci voleva bene. All'altare però mi ha accompagnato lo stesso il padre della mia amica, ormai glielo avevo promesso. Da allora e fino a che non è morto, pochi mesi fa, mio padre è stato legatissimo a mio marito. Mia madre, invece, sembrava una statua di sale. Più tardi mi hanno raccontato che ha vomitato per tutto il viaggio di ritorno...

Io, seconda moglie

Io sono cattolica ma, prima del matrimonio civile, ci siamo sposati secondo il rito musulmano, come consente la sua religione. Ero molto innamorata, ma avevo messo le cose in chiaro: non avevo nessuna intenzione di diventare musulmana e sui miei diritti, be', sono piuttosto combattiva. D'altra parte quel rito non ha avuto alcun effetto giuridico in Italia. Era il modo di dirmi che voleva impegnarsi sul serio con me.

Babacar aveva una moglie in Senegal, perciò io sono diventata la sua seconda moglie. E non ho mai temuto, nemmeno per un istante, di entrare a far parte di un harem o che questo gesto potesse avviarmi alla sottomissione.

In Italia la poligamia è illegale, soprattutto, però, conosco e conoscevo già da allora mio marito. Non potrebbe vivere con due donne. Non mi ha mai parlato molto della sua moglie senegalese, ma è sempre stato molto rispettoso nei suoi confronti: era una storia finita nel momento in cui lui aveva deciso di venire in Italia. Quando ci siamo conosciuti, credo che in lui sia nato il desiderio di definire anche giuridicamente le cose. Io non gli ho mai chiesto di lasciarla, perché non conosco la condizione delle donne in Africa. Non avrei mai voluto crearle delle difficoltà, o metterla in una situazione umiliante. Una volta che era andato in Senegal a trovare i suoi, Babacar mi telefonò pregandomi di mandargli subito tre milioni, che mi avrebbe restituito al ritorno. « Mi servono per il divorzio », disse. E così ci siamo sposati anche in municipio.

Io non credo, se guardo alla mia esperienza, che la religione musulmana sia molto diversa dalla nostra, almeno non quella che pratica mio marito. Lui ha con la religione lo stesso rapporto che io ho con la mia, cioè è molto laico. Le imposizioni che comporta non sono poi così diverse da quelle del cattolicesimo. All'epoca del matrimonio sono anche andata a informarmi se c'era la possibilità di sposarci in chiesa, ma il vescovo mi ha spiegato che avrei dovuto convertirlo.

Quando è nata nostra figlia, Babacar mi ha chiesto se potevamo educarla secondo la religione musulmana. E io ho acconsentito. E la verità è che oggi, all'età di otto anni, mia figlia non ha ricevuto alcuna educazione religiosa. Tempo fa Babacar mi ha chiesto di farle frequentare una scuola dove le avrebbero impartito alcuni insegnamenti religiosi, ma era una cosa un po' dottrinale, in arabo, e senza più riparlarne ha accantonato l'idea. Qualche volta mi dico che se fosse stata educata secondo gli insegnamenti cristiani forse qualcosa avrebbe imparato.

Mia figlia non ama gli stranieri

Si sente parlare di italiane sposate con musulmani che vengono sottomesse o, peggio, maltrattate. Ecco, bisognerebbe valutare, soprattutto nei primi tempi, quando l'amore fa sembrare tutto rosa, quelle piccole cose che col tempo si trasformano in macigni. Sono dettagli che si possono intuire, se si analizzano i segnali che tradiscono le persone violente. Ci sono sempre dei campanelli d'allarme.

Un pomeriggio mia figlia mi ha detto: «Sai mamma, per fortuna non abbiamo molti stranieri in classe». Io non ho risposto, ma devo averle lanciato uno sguardo gelido, perché ha subito aggiunto: «Io sono una straniera?»

«No, ma tuo padre – che adesso ha la cittadinanza italiana – è stato uno straniero», le ho risposto.

Anche l'inserimento a scuola, non con i compagni di classe, ma con le insegnanti, risente di una certa diversità. Ama leggere, ma le maestre hanno sempre qualcosa da ridire sui tempi, sul suo comportamento. Mi hanno consigliato di portarla da uno psicologo, ma io ho messo a punto la mia reazione: nei modi più cortesi possibili ringrazio e accetto il consiglio, tenendomi un po' sul vago. Naturalmente me ne guardo bene.

Quando l'abbiamo esonerata dall'insegnamento della religione mia figlia Fatu ha aggiunto: «Non faccio religione non perché sono musulmana, ma perché sono atea».

Tutte le volte che andiamo in pizzeria, mi chiede: «Papà non prende la pizza al prosciutto perché è musulmano?»

«Sì, Fatu, è così», le rispondo.

«Allora io voglio la pizza al prosciutto», conclude lei.

Emanuela
Il giardino segreto

Le tre del pomeriggio

«Dopo il parto sono tornata a casa da sola. Mio figlio aveva l'ittero, era rimasto in incubatrice ed era tutto giallo. Scoprì che si poteva curare anche con la luce del sole. Lo spogliai e ci mettemmo tutti e due sotto un fico. Era agosto, faceva caldo, grazie alla luce del sole che filtrava dalle foglie è guarito. Siamo tornati insieme alla vita normale. Ho passato tutta la settimana tranquilla, con lui tra le braccia, sotto l'ombra del fico.»

Ci avevano detto: «Emanuela è una donna sempre in movimento, che ha trovato una propria strada, diversa dai normali percorsi. Dalla psicanalisi alla creazione di giardini». Immaginavamo un tipo un po' alternativo, un po' mistico. Invece, la donna che ci aprì la porta di un vecchio e bel palazzo del Seicento, sopra al lago di Varese, era molto diversa: occhi nocciola, caldi, un sorriso accogliente. La casa era bellissima, i muri coperti d'edera, un giardino enorme con un equilibrio straordinario. Un giardino disegnato da lei. Persino i cani, i gatti e le anatre vivevano in sintonia, una convivenza pacifica e libera. Emanuela non era il tipo alter-

nativo, il suo aspetto era quello di una bella donna vestita in modo semplice e ricercato, una donna della buona borghesia, per certi aspetti molto milanese. Tutto era bello: anche i suoi figli, fiori raggianti e pieni di vita; tutto sembrava perfetto. Eppure questa donna sembrava una persona frantumata che, con grande, grandissima difficoltà e stanchezza stava tentando di ridare unità al suo puzzle interiore. Nel salone c'erano i quadri che aveva dipinto suo padre: erano profondi e belli. Erano in vista, come per ricordare a Emanuela che non doveva rinunciare, che non doveva imitare suo padre che non si era mai deciso a diventare un pittore e aveva sempre dipinto di nascosto.

Vengo da Torino, come i miei genitori, da una famiglia benestante. Mia madre era figlia di un industriale, mio padre, invece, era un orfano di guerra. Si sentiva un artista, faceva ritratti a carboncino, ma non ha mai voluto fare il pittore di professione perché non ne ha avuto il coraggio. È stato direttore di un'azienda tessile. Nel 1964, avevo nove anni, la ditta in cui lavorava è fallita e ci siamo trasferiti a Roma. Lì, la relazione tra i miei genitori è venuta al dunque. Dopo la separazione mia madre è andata a vivere a Milano, mentre io e mia sorella siamo rimaste con mio padre, per un anno. Avevo tredici anni, un periodo di grandi cambiamenti emotivi e in più c'era da decidere con chi stare. Ero la maggiore, cercavo di farmi una ragione di tante cose che non capivo. A quell'età è angosciante l'idea che due persone, che tu ami da morire, possano detestarsi al punto da mettere tra di loro seicento chilometri di distanza. E ogni volta che si vedevano era la fine del mondo. Hanno litigato persino sul letto di morte di mio padre. È arrivata mia madre e gli ha detto: « Mettiti la maschera per respirare ». « Non rompermi le scatole », le ha risposto lui. Quella volta ho anche sorriso. A quarantasei anni lo capisci che un legame può esprimersi anche attraverso la rabbia, ma da bambini assistere a quell'incomunicabilità, a quella violenta contrapposizione era terribile.

Un bel giorno mia madre (aveva finito di costruirci il nido, aveva casa e lavoro) ci ha chiamate e siamo andate a Milano. Ricordo ancora la partenza, i saluti a mio padre dal treno... Da allora in poi è stato tutto diverso, anche perché mia madre era fuori dalla mattina alla sera, e tornava a casa senza più risorse, come si torna dopo avere lavorato tutto il giorno. Non era più la madre disponibile e affettuosa di prima, pronta a giocare e ad ascoltarci per ore, era diventata una donna che doveva confrontarsi con tantissimi problemi pratici e non aveva più energie per quelli affettivi. Mio padre era distante, i rapporti con lui erano difficili. Quello che per me era giallo, per lui era blu. Ho iniziato a riavvicinarmi a lui da adulta, quando ho cominciato a dipingere con gli acquarelli. Dapprima erano sempre pasticciati, ma è stata una grande scuola d'educazione, di libertà e di gioco: ho imparato a trasformare quei fogli bianchi in qualcosa di colorato, di fluido, di libero.

A Milano, poi, mi sono iscritta al liceo classico; avrei voluto fare l'etologa o l'artista, ero una persona molto fantasiosa. Idea cassata sul nascere. Altro che etologia, mio padre spingeva per agraria, « qualcosa di pratico », e così mi sono iscritta a quella facoltà, ma sentivo che la mia anima moriva: una materia troppo rigida. Anche per questo a un certo punto ho fatto un lungo viaggio in India, durato sei mesi: è stato il mio modo di prendere le distanze dalla famiglia, di cercare l'indipendenza. Avevo vent'anni e per cinque mesi ho pensato che non sarei più tornata; poi, un giorno, l'esperienza si è conclusa ed è nato il desiderio di tornare e di portare a termine quello che avevo lasciato in sospeso. Al ritorno è stata dura recuperare tutti gli esami che avevo saltato, ma ce l'ho fatta.

Dopo la laurea mi sono guardata attorno e mi sono chiesta: «E adesso cosa faccio?» Il viaggio in India mi aveva messa in moto e non mi vedevo rinchiusa a lavorare in un'azienda agricola. Ho seguito il primo corso di progettazione giardini che è stato organizzato a Milano, piena d'entusiasmo sulle possibilità che mi avrebbe offerto. Ero convinta che sarei riuscita a integrare la parte concreta con quella più creativa e fantasiosa. Alla fine, invece, sono andata a lavorare in una piccola azienda di progettazione, fondata insieme ad altre persone. E allora ha cominciato a emergere tutto ciò che non funzionava del mio passato, il conflitto tra l'aspetto più rigido, razionale e la parte creativa che non riuscivo a esprimere. Mi tornava in mente mio padre che dipingeva di notte, di nascosto. A volte avevo quasi un senso di soffocamento ed è per questo che ho iniziato l'analisi. Dovevo rimettere insieme le mie divisioni interne, i vari pezzi della mia personalità e lasciarmi vivere. Lavoravo come una pazza, con un atteggiamento produttivo e direi «militare». Ero formidabile nella capacità di concentrazione, ma mi sentivo divisa, spaccata. L'analisi mi è servita a vivere la vita con meno angoscia.

Cercando una famiglia

Poi ho trovato un compagno – oggi è mio marito – e ho avuto il primo figlio. Fino ad allora con gli uomini avevo sempre avuto un rapporto conflittuale, ero rigida, severa, pretendevo troppo. Con l'analisi ho riacquistato la morbidezza, ho tirato fuori la parte più femminile di me stessa.

Quando è nato Federico avevo trentatré anni. È stato fantastico, ma non facile. Dovevo imparare ad ascoltare il mio corpo, i suoi tempi, invece seguivo ancora i ritmi frenetici della vita lavorativa. Al settimo mese di gravidanza ancora non riuscivo a stare tranquilla. Il dottore mi diceva: « Stia ferma, si rilassi », ma io non avevo la più pallida idea di cosa volesse dire. A un certo punto i medici volevano farmi il cerchiaggio, perché temevano che perdessi il bambino. Ricordo che mi sono sdraiata sul divano e ho cominciato a pensare quante volte mi sarei alzata. Ho fatto questo esercizio per un paio di giorni e ho visto che mi muovevo continuamente. Dopo una settimana ho cominciato a capire che ce l'avrei fatta, ma che dovevo imparare a vivere, a guardare, a gustarmi la vita in un modo totalmente diverso. Dovevo dimenticarmi dei ritmi schizofrenici del lavoro, dimenticarmi di quella donna superefficiente che ero stata.

Ho tenuto mio figlio anche senza farmi cerchiare e questo è stato il primo passo verso il vero cambiamento, come se avessi preso la mia vita in mano, le avessi dato una nuova direzione. Per me è stata una conquista. Sarà stato anche un modo un po' assurdo di accettarmi, ma alla fine l'ho spuntata. Avevo scelto una clinica dove si poteva partorire in modo naturale, vicino a Poggibonsi. La notte in cui mi si sono rotte le acque ero in vacanza nella nostra casa di Castagneto Carducci, in provincia di Livorno. Da Castagneto a Poggibonsi sono due ore, due ore e mezza di curve. « Sei matta », mi dicevano tutti. « Non arriverai mai in tempo. » E invece ci sono arrivata, le doglie me le sono fatte tutte in macchina, ma mio figlio è nato dove avevo deciso. È stato grande.

Meno grande è stato il rientro al lavoro, ho avuto grossi conflitti. Lavoravo mezza giornata, e non ero più guardata come la superdonna imprenditrice. Agli occhi dei miei colleghi non valevo più come prima. Non che fossi diventata un UFO, ma non rientravo più nel loro modo frenetico di concepire il tempo, la vita. Dopo un anno e mezzo ho deciso di lasciare. Dovevo trovare un nuovo equilibrio tra la mamma e la donna in carriera.

E così ho scelto di cambiare. Siamo andati a vivere in campagna, non lontano da Varese, nel palazzo dei miei suoceri. Non è stato difficile in termini economici, è stata faticosa la scelta. Pensavo: vado, poi m'inventerò qualcosa. Sono stata io a convincere mio marito. La cosa fondamentale è stata creare la mia stanza, uno spazio tutto per me, dove potermi ritrovare. Nella proprietà dei miei suoceri c'erano delle stalle in disuso e io ho rubato: rubato spazio per me. In questa casa ero nuora, ma anche ospite; venivo da fuori, insomma, e ho chiesto pure una stanza in più. Be', non è stato facile, ma la mia stanza è diventata il rifugio, il posto dove ho potuto cercare di ricucire quella parte a cui avevo rinunciato. Secondo me mancano i modelli, che invece una volta esistevano, quei modelli che fanno sì che una scelta non sia mai così solitaria da farti dire: « Che sto facendo, sono pazza? »

A quattro anni di distanza da Federico è nata Margherita. Ho finalmente avuto il coraggio di farla nascere in casa. Anche quella decisione è nata dal cuore, ma poi ho fatto fatica a dirla a me stessa e ad affermarla con gli altri. Finisce che cerchi di fare quello che vuoi in un modo un po' trasversale, un po' rubato, come la stanza. Mi ha aiutato il caso, perché ho incontrato un'ostetrica trentina che faceva partorire le donne nelle baite e al lavoro ci andava sciando. Le ho proposto di seguire anche me. La nascita di Margherita in casa è stata un'esperienza incredibile: aspetti, ma non devi andare da nessuna parte. Mi ricordo che abbiamo preparato la stanza e che mio marito aveva una gran paura. Io mi facevo forza pensando che l'altro parto era andato bene e che in qualche modo avrei trovato le risorse che mi servivano. Tutto è stato molto veloce. Quando si sono rotte le acque ho chiamato l'ostetrica, due ore dopo avevo la bambina tra le braccia.

Lei è sempre stata una bambina tranquillissima, e oggi non riesce a stare lontana da qui più di quindici giorni. Ogni tanto penso che abbia delle radici sottili. Lei raccoglie e pianta tutti i fiori che vede: tu strappi un'erbaccia e dopo un po' la ritrovi ripiantata da un'altra parte.

A quell'epoca, con la nascita della bambina, ho finito l'analisi, ma mi è sempre rimasto il desiderio di continuare quell'esperienza di conoscenza. Vivere in campagna mi ha dato un po' d'insicurezza, di senso d'isolamento e ho pensato che sarebbe stato utile possedere delle tecniche – come ne esistono per coltivare bene i fiori – per sostenere lo spirito, il desiderio, la passione quando attraversi momenti d'incertezza. Così mi sono rivolta a una scuola di formazione. I corsi si tenevano in Toscana e io partivo in auto, con la mia piccola legata al seggiolino, per andare a seguirne uno di terapia della Gestalt. Non è stato facile continuare a cercare la strada che andasse bene per me. A volte penso che sono più lenta delle altre, che faccio tanti giri complicati per fare un passo, che è difficile cercare una strada diversa e non sapere se riuscirai a trovarla. Oggi, a quarantotto anni, mi dico che sono fatta in questo modo, e anche se da qualche parte ho continuato a sentirmi inadeguata, ho comunque sempre trovato il sistema per unire tutto, per dare unità ai bambini, ai giardini, al mio desiderio di spiritualità, alla mia voglia di capire...

Gradualmente, a mano a mano che i bambini crescevano ed erano un po' più indipendenti, ho ripreso con la progettazione dei giardini. Ho iniziato nella mia stanza, ideando giardini privati. Però in questo mondo che cambiava così velocemente mi sembrava un peccato realizzare soltanto progetti individuali e niente per la collettività. È stato allora che ho proposto a due piccoli comuni di realizzare, accanto ai piani regolatori, dei piani del verde e degli studi del paesaggio. Ho fatto tutto da sola, con un po' d'insicurezza e paura, ma mi è servito per trovare passione e convincimento. Se avessi lavorato con gli altri avrei ricominciato a correre come una matta. Volevo creare giardini che fossero belli, che suscitassero pace interiore e voglia di scoprire le grandi e le piccole cose. Un giardino che insegnasse a vedere i colori, le forme, a sentire gli odori. Un giardino che riflettesse il ritmo della maternità, le forme rotonde, sinuose e sensuali. Un giardino che desse spazio al silenzio interiore e che proteggesse come la stanza che mi ero ricavata. Un giardino pubblico con un'anima e che fosse di tutti: vecchi, ragazzi, fidanzati, vagabondi. Come quei giardini che ho costruito, sono riuscita a rimettere insieme tutto quello che ero andata a cercare in giro in questi anni. E per la prima volta, alla soglia dei cinquanta, era come se avessi imparato a usare tutte e due le mani.

Maria Luisa
La ragazza che vedeva le ombre

Le quattro del pomeriggio

«È arrivata Rose. È stato il momento più bello della mia vita. Pioveva a dirotto. E lei scodinzolava e saltava. L'addestratrice la teneva al guinzaglio. All'inizio non mi ha neanche degnata di uno sguardo, pensava solo a mangiare. Adesso è sempre con me: la mia palla di pelo che dorme.»

Dice di fare una vita normale, incasinata e piena d'impegni come quella di tutti. Eppure per lei che vede il mondo in una confusione di luci e ombre la vita non è così semplice. Studia scienze dell'educazione all'Università di Milano-Bicocca. Ha accompagnato gli spettatori nella mostra «Dialogo nel buio», e ha vinto il campionato di dressage della Federazione Italiana Sport Disabili. All'apparenza è una giovane donna come tutte le altre. Ventun anni, indipendente, vive nella Casa dello studente e nonostante le difficoltà se la cava bene. A parte quelle volte in cui si perde in città e non sa più dove si trova, o quando non la fanno entrare nei supermercati con il cane. Oppure quando le persone la spingono per strada, o si prende l'ennesima botta della giornata andando a sbattere contro gli oggetti, le macchine, i muri. A volte si scontra con ostacoli più grandi di lei, come quella sera che voleva andare al cinema con delle amiche. Conosceva a memoria la storia di Harry Potter e avrebbe seguito il secondo episodio attraverso i dialoghi mentre le amiche le avrebbero raccontato l'azione. Eravamo andate a trovarla per verificare alcuni dati sulla sua storia; era un po' in ritardo e così abbiamo dato uno strappo a lei e al suo cane. Poco tempo dopo ci ha chiamate dal cinema con il cuore in gola: non la volevano fare entrare con il suo cane anche se aveva un permesso speciale per non vedenti. Questioni di sicurezza, avevano detto. Ci ha chiesto se potevamo aiutarla. Abbiamo preso il telefono e anche se non lo conoscevamo abbiamo chiamato il caposervizio della cronaca del «Corriere della Sera» e lui ha deciso di mandare un cronista. Nel frattempo Maria Luisa aveva chiamato la polizia per fare una denuncia. La testa le scoppiava e aveva pianto ma non era disposta a vedere i suoi diritti calpestati. La mattina dopo la sua disavventura era sulla prima pagina dell'inserto di Milano. Qualcuno ha notato la storia e già nel pomeriggio Maria Luisa era su un aereo insieme al suo cane per parlare in un talkshow. Dopo quei due giorni la vita di Maria Luisa è tornata all'anonimato. Probabilmente a nessuno interessa sapere se non riesce a entrare con il suo cane al supermercato, se rischia di farsi ammazzare al semaforo perché non hanno ancora installato il segnale acustico, o se nel metro si perderà per l'ennesima volta perché non vengono annunciate a voce le stazioni come succede in moltissimi Paesi europei.

Mi chiamo Maria Luisa, ho ventun anni. Vado per il mondo come se fossi in un astratto film in bianco e nero.

Sono nata prematura a sole ventisei settimane e per tre

mesi sono rimasta nell'incubatrice, all'Ospedale Gaslini di Genova. Ho visto la luce il 1° dicembre, ma avrei dovuto nascere il 7 marzo. Da Sanremo mi hanno portato di corsa a Genova... È stato nell'incubatrice che l'ossigeno ha bruciato la retina: mi è venuta questa malattia che si chiama fibroplasia. Hanno dovuto scegliere: salvarmi la vita e farmi diventare cieca, o farmi morire con la vista intatta.

Quando mi hanno dimessa dall'ospedale, dall'occhio destro vedevo la luce (ma si è spento verso i cinque anni), dal sinistro vedevo un decimo, forse. Con lo sviluppo ho perso ancora qualcosa. A quattordici anni la vista se n'è andata quasi del tutto. È stata una tragedia. Le mie compagne di classe non mi hanno più accettata. Me le ricordo quando andavo in giro per Sanremo. Loro mi vedevano arrivare e si zittivano all'improvviso (io sentivo le voci e le riconoscevo), aspettavano che le oltrepassassi, poi riprendevano a parlare. Per non dovermi salutare.

Adesso vedo un po' di luci, qualche colore, le sagome... a seconda dei momenti.

In sella era come tornare a vedere

Da piccola ero convinta di essere l'unica al mondo a non vedere da un occhio. Giocavo soprattutto con i maschi. Non mi piacevano le bambole e avevo tutta una collezione di mini pony. Per leggere usavo fotocopie ingrandite e a volte mi prendevano in giro come succede tra bambini. Ma fino alle medie mi muovevo da sola anche se non vedevo un granché. Poi ho conosciuto Arianna: insieme avremo avuto un decimo di vista, ma eravamo un po' pazze e ce ne andavamo in giro per strada da sole. Al semaforo io dicevo: «Andiamo, mal che vada si fermano», e ridevamo a sentire le macchine che strombazzavano. Eravamo piuttosto incoscienti, ma ci divertivamo.

«Mamma, non riesco più a leggere.» «Mamma non posso più scrivere.» Da quel giorno, di tutti gli amici che avevo mi è rimasta solo Arianna. Lei è stata la mia fortuna. Siamo cresciute assieme. Noi due contro un muro di ostilità e indifferenza. La mia vita era casa e scuola, scuola e casa. Molte cose dei miei quattordici anni le ho dimenticate. Ricordo che stavo male, avevo sempre mal di testa, mangiavo poco. Ho subito due interventi all'occhio.

L'unica cosa che desideravo era andare a cavallo. Il dottore aveva detto che non potevo, ma dato che non avrei mai più potuto riacquistare la vista, ci ha ripensato: «Stai attenta, vai e divertiti». Mi è servito: mi convincevo che mi doveva passare il mal di testa perché dovevo andare a cavallo. Un bel giorno i miei genitori hanno deciso di prendere un cavallo in affidamento: un cavallo tutto mio è sempre stato il mio sogno. Fino ad allora avevo montato soltanto i pony. Quello che avevano preso era alto un metro e settanta. Occuparmene, montarlo, andarlo a trovare tutti i giorni, mi ha aiutato a riprendermi. Vivevo per il cavallo e sono tuttora convinta che mi abbia salvato dalla tristezza. Quando montavo era come se tornassi a vedere. Ho imparato a muovermi da sola nel maneggio, scegliendo i punti di riferimento, seguendo i rumori. Oggi partecipo anche a gare di equitazione.

Non mi vedi? Non ti vedo

A volte le persone che non mi conoscono si rivolgono a me tramite un'altra persona ed è una cosa bruttissima, come se non esistessi. Anche negli ospedali spesso sono accompagnata da un obiettore e i medici parlano all'obiettore, come se io fossi deficiente. Non ci vedo, non vuol dire che sono stupida.

Alcuni professori che ho avuto sono stati bravissimi. Una in particolare, restava fino a mezzanotte per registrami i libri, così che io potessi studiare. Ma ho avuto molti problemi con la scuola e con i compagni. Si parla tanto di integrazione e hanno chiuso le scuole speciali per i ciechi perché si possano integrare nel resto della comunità. Io, però, non mi sono trovata bene, perché quando ho perso la vista, la mia professoressa non sapeva come aiutarmi, non aveva gli strumenti, non conosceva il braille. Mi ricordo quando ha visto la prima etichetta in braille sulle cassette. Era proprio terrorizzata. Ma ha imparato a usare il registratore con me, anche se faceva di quei disastri, povera prof... Altri erano bravi e disponibili, come quella di matematica. Spiegava alla classe e poi ricominciava con me e Arianna. Ma per le compagne di classe, noi due non siamo mai esistite. Si ricordavano di noi soltanto quando c'era il compito in classe e avevano bisogno delle nostre registrazioni. Io ero brava in matematica, scrivevo in caratteri grossi così che le mie compagne potessero vedere. Ma alla cena di fine anno in quinta liceo non ci hanno invitate. La cosa più brutta è stata la solitudine. Mia madre diceva: «Chiama gli amici, fai una festa», e io le rispondevo: «E chi invito? Tanto non viene nessuno». I miei amici, con il tempo, sono stati gli obiettori che facevano il servizio civile. Passavamo insieme tanto di quel tempo che diventavamo amici.

Mia madre è stata brava ad aiutarmi a diventare autonoma. Non ho idea di che cosa sia la profondità, la prospettiva, e neanche il concetto di distanza o di spazio. È il suono a farmi capire se una cosa è lontana o vicina. A volte intuisco un oggetto, ma non riesco ad afferrarlo perché non capisco a che distanza è.

A diciannove anni ho deciso: andare via di casa, cambiare città, vivere da sola. Non volevo fare la centralinista e neppure la fisioterapista. Mi faceva schifo l'idea di toccare persone che non conoscevo, volevo qualcos'altro. Così ho deciso per Milano, Facoltà di Scienze dell'Educazione. Vivo nella Casa dello studente, insieme ad altri duecento giovani. Non ho mai avuto tanti amici come qui. Anche se Milano è una città inquinata, puzza, è sporca e a volte mi fa paura. Per esempio quando qualcuno ti vuole aiutare, ma non te lo dice. Ieri un signore mi ha afferrato e mi ha detto: «Andiamo». Io ho fatto un salto perché mi sono sentita bloccata, e non capivo chi avessi intorno. A volte mi perdo, e anche questo mi spaventa molto. Capita che uno perda il conto degli attraversamenti che deve fare, soprattutto sui nuovi percorsi.

Ho un fratello di diciotto anni e una sorella di undici. Io e mio fratello abbiamo sempre litigato, fin da piccoli. Gli voglio bene, ma non siamo molto legati. Mi dispiace di sentirlo poco, ma siamo come carne e pesce. Quando è nata mia sorella, mio fratello era incavolato nero. Lui voleva un maschio. Io invece ero felice. Avevo nove anni. Mi ricordo che la mettevo a letto, le raccontavo le storie. Lei è stata molto brava con me. Quando ho perso la vista dormivamo in stanza insieme. Non riuscivo più a distinguere i vestiti: tutto era o scuro o chiaro. Era lei a scegliere gli abiti per la mattina dopo. Anche se era più piccola, era molto protettiva nei miei confronti. Quando facevo la terza liceo mi leggeva il libro di chimica perché io potessi scriverlo sul mio computer parlante. A volte sbagliava a leggere le formule e nei compiti in classe le cose non tornavano. Si impegnava ma aveva solo otto anni. Mi ha sempre aiutato.

Rose, una guida per la mia vita a luci spente

Un giorno stavo andando a scuola, dovevo prendere un autobus, poi cambiare e prenderne un altro. Ero sovrappensiero e sono salita sul pullman sbagliato. È stato allora che ho deciso di fare domanda per avere un cane guida. E così, durante la quinta liceo, è arrivata Rose. L'avevo richiesta dieci mesi prima. Ricordo di averla accarezzata per tutto il tempo del viaggio in macchina. E non mi sembrava vero, perché i miei non amavano i cani e fino ad allora ci avevano vietato di tenerne uno a casa. All'inizio mia madre era ansiosissima. «Come fai col bastone e il cane se piove?» E la prima volta che eravamo sul pullman per la scuola, tutti i ragazzi che salivano si fermavano a fare le feste al cane.

Rose voleva scappare e tornare a Limbiate, da quella che considerava la sua padrona. Non le è piaciuto lasciare la scuola di formazione, l'ha vissuto come un abbandono. E ancora oggi ha paura di essere abbandonata. La prima settimana è stata infernale ma poi si è legata a me e ha cominciato a seguirmi. Se mi alzo ed esco dalla porta è sicuro che resta lì o sul mio letto finché non torno. Oppure prende una maglietta che ha il mio odore e la mette nella sua brandina. Ha il terrore che la lasci.

Prendo lezioni di autonomia personale a Genova: imparo a cucinare, a usare gli elettrodomestici. Quando faccio il corso mi riesce tutto benissimo, ma quando sono da sola cominciano i problemi. Ho sempre bisogno di qualcuno vicino che mi dica se sta riuscendo o no.

Sto seguendo anche un corso di orientamento e mobilità: mi insegnano a usare il bastone bianco, a scegliere i punti di riferimento, a girare. Siccome Rose ha qualche problema alla schiena io devo avere la possibilità di muovermi anche sola, per non essere troppo dipendente da lei. Quando è al guinzaglio, cammina accanto a me e quando sto per andare a sbattere tenta di spostarmi, di farmi capire che non posso andare da quella parte.

La gente a volte non si accorge che accarezzare un cane guida è come fare uno sgambetto. Per quanto bravo e buono, il cane si distrae. Una volta in metropolitana, mentre scendevo la scalinata lunghissima della stazione centrale, una signora si è messa a chiamare il cane. Sono inciampata e stavo per cadere: se non mi avessero trattenuto sarei rotolata giù. Rose non è un cane per giocare, lei rappresenta i miei occhi. Per un cane è difficile guidare una persona, è un impegno. Una volta un signore che mi è venuto addosso mi ha detto: «Signorina, ma guardi dove cammina». «Signore, se potessi lo farei volentieri.» Con il bastone devi seguire un muro di riferimento. Quel tale non ha visto il bastone e lo ha urtato. Mi ha fatto venire un livido e non ha chiesto scusa. Un'altra volta mi si è incastrato il bastone nelle rotaie e una persona gentilissima mi ha aiutata. A volte mi capita di andare a sbattere e la gente mi chiede: «Dove sta andando?» Forse non si accorge che non vedo.

L'amore? Per ora aspetto

Il primo è stato un bastardo che ha detto: «Se mi faccio vedere con te perdo la reputazione». Avevo quindici anni ed ero innamorata persa di quel ragazzo. L'avevo conosciuto dagli Scout, eravamo quasi cresciuti insieme. Una sera siamo rimasti intorno al fuoco oltre mezzanotte e lì è nato il tutto... È stato lui a fare il primo passo. È sempre così perché io sono molto timida. Mi aveva fatto promettere che non avrei detto in giro che stavamo insieme. Non ne avevo parlato neanche alla mia migliore amica. È stato un vero verme: non ha neanche avuto il coraggio di lasciarmi, me lo ha fatto dire da un suo amico. Mi ero convinta che non mi avrebbe voluto nessuno. Penso che se vedessi per molti ragazzi sarebbe diverso. Ma alla fine è un problema loro se non mi accettano. Io sono comunque in pace con me stessa.

Oggi quello che mi colpisce di un ragazzo è la dolcezza, la tenerezza, il modo di fare. Sono ancora vergine e la prima volta vorrei che fosse bello, con una persona innamorata di me, che mi voglia bene. Non lo voglio fare tanto per... forse ciò che voglio è irrealizzabile, un po' fiabesco, ma voglio che sia così e non in altri modi.

Ciò che mi rende triste è che non vedo lo sguardo. Quando mi dicono: «Ti guarda con gli occhi dolci», oppure: «Guarda te e nessun altra», lo so soltanto perché me lo dicono gli altri. C'è un altro modo per rendersi conto. Si può capire un viso guardandolo con le mani. Non è toccare per il puro piacere di toccare, è toccare guardando. Uso le mani non solo per toccare gli oggetti, ma soprattutto per guardare attraverso di esse. Tocco per farmi un'idea.

La mia idea di me? Sono alta, con i capelli castani e gli occhi bellissimi. Mi hanno detto che sono marrone chiaro con dei riflessi verdi. Il mio oculista mi diceva: «Da fuori hai degli occhi stupendi, visti con le macchine fanno un po' paura».

Vedo solo sagome, non distinguo quasi niente. Per strada, insieme a Rose, il mio cane, riconosco il grigio, qualche colore, il chiaro. Però non vedo le forme, non vedo bene i visi. Le espressioni delle persone e gli sguardi non so cosa siano. Ogni tanto prendo da parte qualcuno e gli dico: «Fai la faccia triste», oppure: «Fai la faccia allegra», così posso toccare e capire come è. Le persone sono come una macchia di colore che si muove, quando camminano su uno sfondo chiaro, perché su uno sfondo scuro spariscono. Alla TV invece vedo solo tanti colori che si muovono.

Ho alti e bassi, anche adesso che sono passati tanti anni da quando ho perso la vista. A volte mi chiedo: «Perché, perché proprio a me?» Ci sono dei momenti di sconforto perché non riesco a fare una cosa. Quando ero bambina e fino alla prima liceo sognavo di sapere come si vedeva con due occhi; lo chiedevo sempre a mio padre: «Papà, ma come è vedere con due occhi?» Già vedere per me è una parola grossa, di vedere con due occhi non ho proprio la più pallida idea.

Carmen
Una famiglia su misura

LE CINQUE DEL POMERIGGIO

«È l'ora in cui ho visto mia figlia per la prima volta. Sono entrata nella stanza dove si trovava piena di dubbi, ma appena l'ho vista c'era solo lei.»

Carmen ha occhi chiari e belli dietro le lenti da vista. Nel traffico di Roma si muove in motorino, come una ragazza, anche se ormai è una donna matura. Parla con quella speciale inflessione che hanno le persone dell'Italia del Nord che vivono a Roma da molti anni e ci si trovano bene. Usa spesso espressioni colorite, ma nell'accento restano ritmi diversi, meno indolenti.

L'avevamo conosciuta molti anni fa. Lei si occupa di carcere da una vita, e chiunque voglia informazioni su questo argomento, chiunque voglia conoscere, visitare, avere contatti con chi si trova dietro le sbarre, prima o poi chiede aiuto a Carmen. Della sua vita privata, quella di madre che si fa carico di una figlia, dei genitori della ragazza e, in questo caso, anche di un fratellino, non sapevamo niente finché non abbiamo letto un suo racconto sulle peripezie nel mondo della sua famiglia acquisita.

Lei mi chiama Carmen, non mamma. È stato così dall'inizio. Ma quando qualcuno le chiede dove sono, indicandomi risponde: «La mamma è di là».

Sono single, non ho un compagno e neppure un marito. Da qualche mese sono divorziata. È stato un matrimonio breve, tardivo e sbagliato. In questa casa abitiamo in due: io e mia figlia Sewa, nigeriana, diciassette anni, affidata a me quando ne aveva tre. Anche allora ero single. Non ho avuto figli miei, non mi ero mai posta il problema, prima di allora. Non ho mai considerato la nostra una famiglia tradizionale, ovviamente, ma non ho mai sofferto per non averla partorita, anzi, questo fatto mi ha impedito di considerarla come una proprietà genetica, sangue del mio sangue e prosecuzione di tradizioni e cognomi familiari. Per me, lei è da sempre una persona da amare, da aiutare e da crescere.

Il prezzo da pagare per tutto ciò è stata l'incertezza. Credo di essere l'unica madre che non ha comprato gli abitini in saldo, quelli un po' abbondanti che vanno bene per la stagione successiva. Per anni ho pensato: *Chissà se il prossimo inverno, o fra un mese, Sewa sarà con me?* Non sapevo all'inizio come sarebbe finita, ogni ipotesi – con me o un ritorno alla famiglia d'origine – poteva realizzarsi in qualsiasi momento.

Mamma per caso

È andata così, quasi per caso: la madre di Sewa era in serie difficoltà; io, allora come oggi, lavoravo nel sociale, nelle realtà più difficili, come il carcere. Mi è stato proposto di occuparmi per un po' della bambina, in attesa che la situazione della madre si risolvesse. Avevo da poco pubblicato su una rivista un'inchiesta sull'affidamento, ne avevo scritto un gran bene e mi ero dichiarata disponibile. Ma farlo davvero... Fui presa dalla paura, non mi sentivo proprio adeguata. Perché quando una donna fa un figlio, lo fa e basta e si sente naturalmente adatta a farlo. Ma prendersi cura della figlia di un'altra donna è diverso. Ti chiedi se sarai capace di essere una buona madre, e ti senti doppiamente responsabile, perché sai che le tue azioni e le tue scelte potranno essere sottoposte al giudizio di un'altra donna, la madre naturale. Mi sono persino messa in cattiva luce: non so cucinare, mi piace viaggiare, sono sempre in giro, frequento per lavoro brutti ambienti e non sto molto a casa. Come avrei fatto a stare dietro a una bambina? Ma il mio interlocutore, per fortuna, non ha desistito, interpretando le mie obiezioni come paure. Mi ha chiesto di provare almeno a conoscerla. Alla fine sono andata all'appuntamento. La bambina stava dormendo. Ho visto soltanto un esserino lungo lungo, e me ne sono innamorata subito. Lei aveva tre anni, ma ne dimostrava cinque. Era aperta e socievole, anche se parlava una lingua incomprensibile, ed era molto autonoma per la sua età.

Con la madre nacque subito un feeling, come tra due amiche. Il mio intervento per lei era una soluzione ottima a un problema grave. Me lo ha detto anche il giorno che mi ha affidata Sewa. Era il giorno del suo terzo compleanno, lo ricordo bene. La torta, i regali, e poi una da una parte e una dall'altra. Sono uscita dalla stanza con la bambina mano nella mano, senza voltarmi indietro. Mi sono sentita un po' una rubabambini: la donna bianca che può mantenere la figlia della donna nera; quella del primo mondo e quella del terzo mondo. Era un problema tutto mio, perché la madre lo viveva diversamente: per lei ero la donna sì bianca, sì più fortunata, ma che aiutava lei concretamente. Per lei, insomma, ero una fortuna.

Una bambina e tre madri

I primi tempi sono stati difficili, ma mi sono organizzata. Mi hanno aiutata gli amici, soprattutto loro. Per prima cosa ho tolto l'ospitalità alla persona con cui dividevo l'appartamento: un amico disponibile, appassionato di politica, ma assolutamente inetto in casa. Al suo posto è venuta a vivere con me Mariateresa, un'amica radicale che avevo conosciuto ai tempi delle battaglie per i diritti civili. Era stata parlamentare, ma aveva deciso di scrivere un libro (*Passaggio in ombra* con cui vincerà, dopo la sua morte, il Premio Strega), e aveva necessità di passare molto tempo in casa. Era una vera donna del Sud: cucinava, passava una sacco di tempo a giocare con Sewa, sapeva tutte le canzoni e le cantilene, imparò subito quali erano le migliori bancarelle del mercato, si trascinava dietro enormi sporte di frutta e verdura. Lei era vegetariana, ma dopo una lunga discussione decidemmo che alla bambina avremmo dato carni bianche. Insomma è stata una compagna perfetta per quell'avventura, insieme a tutti gli amici e ai nostri compagni. Anche se, ho scoperto più tardi, portava di nascosto la piccola alle manifestazioni contro la pena di morte dell'associazione Nessuno Tocchi Caino (Sewa mi ha confessato che si divertiva moltissimo e conserva con affetto le foto). Comunque, quello fu un periodo di famiglia, in un'accezione non convenzionale, ma molto intenso.

Nonostante la separazione dalla madre, Sewa era una bambina molto serena. Alla sera però succedeva che piangeva e voleva addormentarsi attaccata a me. Mi ricordo quando Sewa affondava le sue mani nella mia carne e restava così, avvinghiata finché non arrivava il sonno. Io aspettavo che si addormentasse, che fosse tranquilla, chiamavo Maria Teresa, le chiedevo di darmi il cambio. E, finalmente sola, andavo a farmi una doccia e cominciavo a piangere io. Sì, all'inizio è stato complicato, chiamavo le amiche, magari quelle che avevano avuto dei figli e mi sfogavo. Una molto spiritosa mi disse: «Non ti preoccupare, quello che stai passando capita a tutte. La chiamano *depressione post partum*. A te, che la bambina l'hai avuta direttamente quando aveva tre anni, è venuta dopo». Così, senza gravidanza, parto, allattamento, biberon e pannolini, anch'io ho vissuto la mia quota di problemi da maternità. Forse aveva ragione la mia amica, perché dopo un po' mi è passata e da allora immagino di aver avuto gioie e furie come tutte le madri del mondo.

Io, bianca e la mia famiglia di pelle nera

Qualche anno dopo che la bimba era venuta a stare con me, la mamma di Sewa ha deciso di tornare in Africa. Il suo progetto in Italia non era andato a buon fine. Si trattava di capire con chi sarebbe rimasta Sewa. Sua madre mi disse che per loro, in Nigeria, avere un figlio che studia in Europa è una grande occasione, un privilegio da non lasciarsi sfuggire, in genere riservato solo ai ricchi, ma io non ero del tutto convinta. Così ho messo insieme i soldi che servivano e appena ho potuto, sono andata a trovarla in Nigeria, insieme a Sewa. Al giudice avevo promesso che non l'avrei mai lasciata sola, ma le mie intenzioni erano diverse. Sono stata con loro qualche settimana. Ho conosciuto il fratello di Sewa, i parenti stretti e gli appartenenti alla stessa tribù. Mi hanno accolta con affetto e generosità, ero una sorella, bianca, ma pur sempre una sorella. Il concetto era semplice e sistemava tutto: facevo parte della famiglia e quindi, come spesso accade lì, la parente senza figli ne alleva uno di qualcun altro. È un'idea di famiglia tribale, antesignana della nostra discussa idea di nuova forma famigliare.

Con la madre c'è sempre stato un buon rapporto, anche se è evidente che esistono profonde diversità di cultura, di educazione, di visione del mondo, di esperienze di vita. Per me, che una famiglia classica non l'ho mai avuta (la mia d'origine si è dissolta dopo un divorzio traumatico), è stato un po' come potermi scegliere i parenti. Alcuni aspetti della società africana, più che incomprensibili, qualche volta mi risultano insopportabili. Ma anche in questo caso mi chiedo se sono insopportabili e basta, oppure se è la distanza tra i nostri mondi a creare le distanze tra le persone. Le famiglie africane, al di là dell'apparenza, sono profondamente matriarcali, e mi sono trovata subito a mio agio con quelle donne. Adoravo una zia di Sewa, morta di crepacuore a causa dei dolori inflitti dal marito poligamo, e mi è molto simpatica la nonna – una vita a piedi da un mercato all'altro con la mercanzia in testa. Ho conosciuto tante altre donne africane infaticabili, intraprendenti e ironiche.

Dopo un paio di settimane ho lasciato la Nigeria e sono andata negli Stati Uniti, a San Francisco, a trovare la mia migliore amica. Con lei ho trascorso un mese piuttosto triste, di ansia e attesa. Volevo lasciare madre e figlia da sole, volevo che fossero loro a decidere del proprio futuro, il più serenamente possibile. Forse era un'esigenza solo mia, ma ne avevo bisogno. Al mio ritorno, la madre di Sewa mi ha preso da parte e mi ha detto che la piccola era arrabbiatissima: si sentiva tradita, aveva paura che non venissi più a prenderla, voleva tornare a Roma con me. Così, quella era la cosa da fare. Furono tutti d'accordo.

Fortunata o strana?

Siamo andate altre volte in Africa e abbiamo organizzato un paio di viaggi in Italia per il fratello, in modo che Sewa riuscisse a mantenere un legame con lui. Lei è stata anche in Sudafrica. Sarei voluta andare anch'io, ma non avevo i soldi per tutte e due. Così l'ho affidata ad amici che stavano partendo. Ero convinta che per lei fosse importante. Vive in Italia, in mezzo a ragazzi bianchi, con un'altra storia e altre origini. Inoltre vive in una famiglia che non è una famiglia classica, in una casa in cui il simbolo della ricchezza sono i libri, il cinema, i viaggi, le esperienze; e i nostri amici sono, quasi tutti, gente come me che ha pensato di cambiare il mondo, che si è messa in gioco e che oggi, famosa o sconosciuta, continua a credere che la vita abbia un valore. E non importa se sono omosessuali, sieropositivi o preti. Questo ambiente in cui è vissuta ovviamente l'ha resa in parte diversa, per la seconda volta, e chissà se è una sfortuna o un privilegio. Anche per questo ci tenevo che conoscesse il Sudafrica, il Paese emblema della battaglia per i diritti civili e contro le discriminazioni razziali. Ma era anche importante che imparasse a riconoscere la natura, i colori, le contraddizioni del suo continente. E infatti quel viaggio è stato davvero importante. Nelson Mandela oggi è il suo mito. È molto orgogliosa delle sue origini, conosce i problemi dell'Africa, anche se il suo stile di vita è quello di una ragazza delle nostre città.

Quando però la mia no global lascia i suoi vestiti in giro, non gliela faccio passare liscia.

Separazioni e nuovi incontri

Io sono nata a Bolzano, da madre sudtirolese e padre italiano. Fin dall'infanzia ho dovuto confrontarmi con le separazioni etniche. Quando in Alto Adige abbiamo dovuto scegliere un gruppo di appartenenza linguistica, mi sono rifiutata. Volevo partecipare alla battaglia contro le discriminazioni condotta dal mio amico e maestro Alex Langer. Poi è venuta l'esperienza politica nel gruppo di Lotta Continua e una permanenza in Germania, a Francoforte, insieme agli immigrati italiani, slavi, turchi. Sono stati anni intensi, di profonde passioni che hanno comunque segnato la vita di ciascuno, qualunque scelta si sia fatta successivamente. Mi ricordo che in una delle comuni che frequentavo c'era anche Joschka Fischer, che oggi non è altro che il vicecancelliere del suo Paese.

Quando quel mondo è finito, quando la militanza non poteva più essere l'espressione di quella passione, ho trasformato ciò che già facevo in un lavoro. Mi occupo di carcere da una vita, di persone segnate dalla difficoltà del vivere, di ragazze straniere «trafficate» dai loro Paesi al pari di merci, per essere poi costrette a prostituirsi; e quando ho tempo scrivo. È un mondo difficile perché ti mette continuamente in discussione, e ti costringe a misurarti con la tua parte oscura. Però è anche un privilegio avere un lavoro che sia una passione e che abbia un valore, anche se poi tutto questo si paga con l'incertezza.

Ho fondato un'associazione laica: Ora d'Aria, che pubblica la prima rivista indipendente nata dietro le sbarre. Il nome è opera di Adriano Sofri. Accadde molti anni fa, quando il carcere non era la sua casa. Ora non penso più di cambiare il mondo, anche se c'è ne sempre bisogno. Il mio stile nel fare è rimasto quello: il lavoro di frontiera, sperimentare nuove strade e, soprattutto, mai rassegnarsi di fronte a quello che non va. Con gli anni, noi di quella generazione, siamo ovviamente cresciuti e sicuramente cambiati. Abbiamo meno certezze e oltre al bianco e nero abbiamo assimilato anche il colore grigio. Soprattutto ho imparato a non dividere tutto in categorie rigide e a considerare un'opportunità di cambiamento per tutti. In carcere ho incontrato ragazzi di destra, e io sono di sinistra, ho organizzato gruppi di sostegno per pedofili e stupratori e sono scesa in piazza contro le violenze alle donne, e non è nemmeno raro che incontri gli sfruttatori di quelle ragazze ridotte in schiavitù sessuale, ospitate dai nostri centri.

Passo tanto di quel tempo in carcere che mia figlia mi ha chiesto più volte se glielo faccio visitare. L'occasione è arrivata con una sfilata di moda alla fine di un corso riservato alle donne detenute. Credo che per lei sia stato importante.

Oggi e domani

Qualche anno fa la famiglia d'origine di Sewa è emigrata negli Stati Uniti. Si sono immersi nel sogno americano: lavorare tanto, accumulare soldi, e poi ritornare indietro, a casa, perché quella è la terra natia. Vivono il Paese che li ospita come una terra da sfruttare, un pozzo di opportunità. Esattamente come la pensavano i nostri emigranti. Anch'io ho imparato a vedere l'America con altri occhi. Il Paese delle grandi opportunità, il melting pot, misurato con il loro metro acquista dei contorni inquietanti. Anche razziali. Loro, che sono africani, sono attratti dalla cultura dei soldi, ma non da quella dell'integrazione. Sono in conflitto con tutti: con i latini, con noi europei e, paradossalmente, soprattutto con gli afroamericani. L'11 settembre, raccontato da loro, è stata una tragedia nella tragedia. Tutto si è fatto all'improvviso più difficile. Si sentono provvisori, non accettati, e si struggono per mantenere tradizioni, usi e costumi. Ma mentre lo fanno, sanno che, se non loro, certamente i loro figli li perderanno. E questo è già un lutto.

Dicono che il destino sia già scritto nella nostra vita. Oppure che ne siamo noi gli artefici. Ho attaccato al muro una foto: sono io a tre anni, vestita da africana, col gonnellino di paglia e la calzamaglia nera. Se oggi qualcuno travestisse suo figlio così a carnevale credo che sarebbe convocato dal direttore della scuola e riceverebbe una ramanzina.

Allora era diverso, io però la tengo perché mi ricorda una cosa che dicevo da piccola. Ripetevo sempre: « Voglio adottare un bambino e andare a vivere in Africa ». Non so cosa farò nei prossimi anni, ma grazie a Sewa, sono andata vicino a quello che volevo.

Sewa si è inserita senza difficoltà a scuola, si è fatta tanti amici. È una vera sportiva e ora è anche un'attivista no global molto impegnata. È alta un metro e ottanta, è bellissima e ha un ragazzo niente male, un giocatore di basket. Se chiudo gli occhi e penso come avrei voluto mia figlia non mi viene in mente niente di diverso da lei, anzi non mi viene in mente niente se non lei.

Annalia
Il mio cuore è rimasto a Buenos Aires

LE SEI DEL POMERIGGIO

«È l'ora in cui mia zia mi ha detto: "Molti se ne sono andati, bisogna che parta anche tu". Mi dispiaceva molto lasciare l'Argentina, per i miei amici scomparsi. Ma dovevo scegliere tra vivere e morire. Ho deciso da sola, poi ho convinto Claudio, il mio compagno, a venire con me. Mi sono salvata, ma una parte di me è rimasta lì. Siamo passati dall'Uruguay e dal Brasile e poi abbiamo raggiunto l'Italia.»

Annalia è stata segnata dal suo passato, se lo porta dentro come una ferita ma anche come un insegnamento nell'affrontare la vita. Della sua anima Argentina trasmette una voglia di vivere piena di passione, vivace, allegra, solare. È una donna che non potrebbe mai girare lo sguardo da un'altra parte e fare finta di non vedere un'ingiustizia.

Sono nata in Argentina e sono diventata italiana a causa di circostanze particolari che non ho scelto. A volte mi domando cosa sarebbe stata la mia vita se non fossi stata costretta a partire. Allora avevo ventun anni e insegnavo a leggere agli analfabeti nelle borgate di Buenos Aires. Ero giovane, piena di ideali, credevo nella possibilità di un mondo migliore, una visione che si è andata a scontrare contro la realtà: una violenta dittatura militare. In poco tempo sono cominciati a sparire molti dei miei compagni di lavoro, degli studenti della mia classe (io allora seguivo lezioni di psicologia e insegnavo negli asili). Ho vissuto nascosta per quasi dieci mesi, cambiando casa in continuazione, vivendo nelle cantine. Ogni volta che camminavo per strada avevo il terrore di essere fermata, di sparire nel nulla come era capitato ai miei amici. Nonostante il pericolo, non volevo lasciare Buenos Aires, la consideravo una violenza verso me stessa e verso gli amici spariti nel nulla. Dopo mesi da clandestina, ho deciso di partire prima che fosse troppo tardi. È stato come strappare le mie radici. Avevo messo su casa con un ragazzo argentino di origini italiane, Claudio. Avevamo appena imbiancato la nostra futura abitazione. È stato brutto partire senza potere salutare nessuno. Quello che ero stata per ventun anni era come se fosse stato stroncato di colpo. Lo zio di Claudio, che viveva a Milano, ci ha aiutato. Una mattina alle sei abbiamo preso un volo per l'Uruguay, da lì siamo andati in Brasile e poi a Milano.

I primi anni a Milano

I primi tempi ogni volta che sentivo una sirena, un'ambulanza, ripiombavo nel terrore, lo stesso per cui ero fuggita dall'Argentina. Abbiamo dovuto ricominciare da capo (io pulivo le case e Claudio, che studiava legge, scaricava casse al mercato ortofrutticolo), ma nonostante tutto ero consapevole di essere viva e questo mi ha aiutato a godere di ogni momento. Mi sono ritrovata a vivere tutto con molta intensità, come se avessi avuto l'obbligo di farlo. Dopo le pulizie, ho ripreso a occuparmi dei bambini. Preparavo biscotti per loro e imparavo l'italiano grazie ai gialli delle collane economiche. All'inizio avevo un enorme bisogno di parlare, di raccontare come si viveva a Milano. Mi sembrava tutto strano, freddo: salivi sull'ascensore e nessuno ti salutava. La distanza tra le persone era diversa da quella cui ero abituata. A Buenos Aires, alla fermata dell'autobus, era normale parlarsi. Solo con il tempo ho capito che l'indifferenza era per molti qui un modo di difendersi. In aereo avevamo conosciuto delle persone con cui siamo diventati amici, ci avevano regalato qualche asciugamano, qualche pentola: noi non avevamo niente. E nonostante fossi qui, le mie radici erano dolorosamente altrove e l'unico modo di andare avanti è stato di ricostruire dei legami, degli affetti. Ero convinta che Milano sarebbe stato un posto di passaggio e invece ci abito da oltre ventotto anni.

Oggi non mi sento sradicata, ma ricordo la fatica nel ricostruirmi una vita. Guardo il mondo, le persone, i rapporti con altri occhi e vivere fa meno paura. Non vado in tilt per qualunque cosa perché so che l'essenziale, le mie radici, me le porto dietro. Finché sei a casa tua non ti accorgi della rete che hai, delle amicizie, delle piccole cose della vita quotidiana, anche le più banali.

Appena arrivati abbiamo fatto le pratiche per sposarci. Abbiamo impiegato dodici mesi ad avere le carte e quando è arrivato l'ultimo certificato, il primo documento era scaduto. E così sono diventata italiana. Ricordo la fatica per fare riconoscere i miei titoli di studio. A Buenos Aires ero una maestra d'asilo, qui non ero nulla. Sono andata dappertutto, da Varese a Roma, ma non riconoscevano i miei diplomi e non mi lasciavano partecipare ai concorsi. Ricordo tutte le volte che sono uscita in lacrime dai provveditorati. La fatica di una che arriva da fuori non la puoi dimenticare: nel tuo Paese avevi una storia, qui sembra di dover provare tutto da capo. All'inizio stavo sempre con gli argentini, sempre a tentare di avere notizie, a fare le liste degli scomparsi. Poi ho dovuto prendere un po' le distanze, altrimenti sarei stata seppellita con i morti.

Sono anche stata in analisi per molti anni. Con il tempo ho ricominciato a fare il mio lavoro, all'inizio al Villaggio della madre e del fanciullo, un posto dove le ragazze minorenni in procinto di avere un bambino vengono aiutate... Oggi sono dirigente di una scuola materna. Per più di quattro anni sono stata con Claudio, poi ci siamo separati. Era stata una grande amicizia, ed è rimasta tale. Dopo che ci siamo lasciati, lui è andato a vivere a Roma con dei nostri amici che erano scappati come noi. Adesso sta con una mia carissima amica di quando vivevo in Argentina. Spesso passiamo insieme il Capodanno, sono diventati i veri zii dei miei figli. Lui non ha voluto dei bambini, io invece ne avevo proprio voglia.

I conti con il passato

Tra un marito e l'altro ho vissuto con altre persone, ho condiviso delle case, ho anche ripreso l'università e mi sono laureata in psicopedagogia, a Bologna. Sono stati anni importanti della mia vita. Ho lavorato come maestra e, con i pochi soldi che guadagnavo, ho girato il mondo: l'Europa, l'India, gli Stati Uniti... Sono stata quasi sempre ospite, e ho anch'io spesso ospitato gente. Ho sempre trovato qualcuno che mi ha aiutata e questo mi ha dato molta speranza. Sono stati anni in cui mi sono goduta la vita e in cui ho scoperto me stessa. Una volta, per pura coincidenza, ho preso in affitto una stanza in casa di due irlandesi omosessuali che cercavano qualcuno con cui condividere l'appartamento. Era come entrare in un altro mondo, è stata la grande scoperta del relativismo della vita. Sono rimasta con loro per sette anni e siamo ancora molto legati. Cucinavamo insieme e c'era sempre gente, era molto vitale. Mia madre rimaneva con me un mese e mezzo all'anno e, a poco a poco, è diventata la loro vice-mamma.

Dopo tutti questi anni ho fatto finalmente i conti con il mio passato, con gli amici morti. Non voglio più portarmi questa ombra dietro. Ma avevo bisogno di tempo per dare un senso a quello che stavo facendo. Se no mi sembrava di vivere di fianco alla vita. E così nel 1984 ho deciso di tornare in Argentina. Sono stata a Buenos Aires con Claudio, anche se non stavamo più insieme. Ho rivisto tutti, la mia scuola, le compagne che erano rimaste vive, la mia prof del liceo (anche a lei era scomparso un nipote nel nulla). Per me non era una semplice insegnante, ma una persona che mi aveva fatto capire come vivere. Ho cercato di recuperare il mio passato e di chiudere, anche se in ritardo, le valigie, cosa che non ero riuscita a fare quando sono scappata. Comunque Buenos Aires mi commuoveva ancora.

Anche se ho passato più anni in Italia che in Argentina, restano dei segni. Per molte cose mi sento italiana, partecipo a quello che succede qui e ci tengo. Mi butto nel lavoro, non ho vissuto a metà. Però, per altri aspetti, mi sento straniera. Non sarò mai del tutto uguale agli altri perché il passato rimane. In fondo non sono del tutto qui e non sono completamente di là. Da una parte questa sensazione mi consente una visione più ampia, dall'altra toglie un senso di appartenenza più completo. Qui la gente è più formale, più riservata e più ambigua. In Argentina tutto avviene più apertamente, i conflitti sono forse più espliciti, c'è un altro codice di comportamento.

Quando stavo per tornare a Milano, un amico mi ha dato una lettera da consegnare a una persona che lavorava a Radio Popolare. E lì ho conosciuto Carlo, il mio secondo marito. Ero appena rientrata a Milano e mi sentivo un po' sottosopra perché non capivo da dove iniziare, cosa fare, se tornare a vivere a Buenos Aires. Forse non è stato casuale che proprio nel momento in cui ero pronta a ripartire ho incontrato Carlo. Con lui ho avuto due figlie, che oggi hanno dieci e quindici anni. Viviamo insieme da vent'anni. Non ho ubbidito al mandato paterno di «non sposare mai un italiano». Mio padre mi aveva ripetuto per anni di non innamorarmi di un italiano, perché voleva dire perdermi per sempre. Ma rimanere in Italia è stata una scelta. Sono una donna che ascolta molto la pancia. Prima di Carlo non avevo conosciuto nessuno del quale avessi pensato che era la persona giusta con cui fare dei figli. Credo in qualcosa che parla più delle parole. Ci siamo innamorati. Lui era milanese, aveva vissuto sempre nello stesso quartiere. Aveva visto il mondo sapendo molto bene che le sue radici erano quelle. Con la maternità ha avuto inizio una fase strana a cui non ero abituata: stare tanto tempo nello stesso posto.

L'identità ebraica

Con la nascita di Micol, ho riscoperto qualcosa che mi ero lasciata alle spalle, la mia identità ebraica. In Argentina, militando nella sinistra, l'avevo lasciata da parte. Anche quando sono venuta in Italia mi sentivo una ebrea fondamentalmente laica. Carlo era di famiglia cattolica, e anche lui era laico. Io non sarei mai riuscita a battezzare la mia bambina. Non avevo nessun problema con le altre religioni, ma non me la sono sentita di rinunciare a ciò che ero. Quando Micol ha compiuto due anni mi dispiaceva che non sapesse niente delle nostre feste, delle nostre tradizioni. I miei genitori erano tutti e due ebrei provenienti da una famiglia tradizionalista. Nella pratica non erano molto religiosi, ma mio nonno era un rabbino e aveva fondato la prima sinagoga sefardita a Buenos Aires. Entrambe le famiglie erano molto numerose. Siamo ventinove cugini da una parte e trentadue dall'altra. Il sabato stavamo tutti insieme in famiglia. Ho molti ricordi delle feste in casa, del teatro, della musica. I miei genitori si sono separati presto, ma il fatto di essere una grande famiglia, con tanta gente che si curava di noi, ci ha aiutati a non sentirci soli. In realtà ho vissuto con mia madre e con i miei tre fratelli. Mio padre non è stato tanto presente, arrivava e spariva. Solo da grande sono riuscita a recuperare un buon rapporto con lui, perché arriva un tempo in cui è bello riavvicinarsi, perdonare e riscoprire gli aspetti positivi. Ma per questo ci vuole una certa maturità. Mio padre è anche venuto in Italia, ha conosciuto Carlo e le bambine ed è stato molto contento. Io in un certo senso ho recuperato un padre. Le mie figlie un nonno.

Non siamo mai stati una famiglia chiusa, non abbiamo mai vissuto in un ghetto. Non avrei mai potuto trasmettere cose che non si discutono mai. Io sono stata una ribelle, le mie figlie sono ribelli. All'inizio avevo cominciato a fare delle feste insieme a delle copie miste. Poi ho iniziato a collaborare con Shorashim, un gruppo che riunisce le coppie miste con bambini. Io avevo deciso di non mandarle alla scuola ebraica, mi sembrava un po' troppo. Volevo che sentissero l'identità ebraica, ma senza cadere in qualcosa di troppo rigido, volevo che trovassero un loro spazio senza dover rinunciare alla propria identità. Eravamo andati a sentire un rabbino londinese straordinario che faceva parte degli ebrei progressivi, una forma di ebraismo che si evolve nel tempo. Hanno donne rabbino, e il gruppo è molto impegnato socialmente su quello che succede nel mondo e cosi è nata a Milano l'associazione dell'ebraismo progressivo Lev Chadash (cuore nuovo).

A quarantanove anni mi sembra finalmente di non rinunciare più a nessuna parte di me. Da piccola ero credente, poi ho passato molti anni lontano da queste cose, adesso ho riscoperto qualcosa che mi fa star bene. Amo i riti e voglio che siano tramandati. È bello pensare che un popolo ha seguito certe tradizioni e feste per più di tremila anni in diversi Paesi, generazione dopo generazione. Mi dispiacerebbe se si perdesse. L'Europa mi ha fatto riscoprire l'importanza delle tradizioni.

Non mi crea nessun problema dire che sono una ebrea di sinistra, invece mi crea qualche problema come la sinistra ha trattato gli ebrei ultimamente. Carlo è stato sempre molto attratto dall'ebraismo. Una volta che è venuto un rabbino inglese, ha detto che voleva convertirsi. È successo dopo diciotto anni che stavamo insieme. Ha detto che non avrebbe mai fatto quella scelta con quelli ortodossi, ma con questo gruppo condivideva molte idee. Per me è stato strano, non l'avevo previsto, né l'avrei mai fatto... Non avrei mai rinunciato alla mia identità, né chiesto a nessuno di rinunciare alla propria, al passato, al suo patrimonio. Forse l'ha fatto perché sta pensando alla morte e un giorno vuole poter essere seppellito insieme a me.

Cecilia
A caccia di balene e papà

Le sette di sera

«Era l'estate scorsa, in Sardegna, l'ultimo giorno di vacanza. Quel pomeriggio alcuni ragazzi sudamericani mi proposero di partire con loro. Vendevano piccoli oggetti e in questo modo riuscivano a girare il mondo. Non me la sono sentita. Ma più tardi, sulla nave che mi riportava a casa, saranno state le sette di sera, ho capito di avere sbagliato. Quella proposta era esattamente ciò che desideravo.»

Cecilia ha diciassette anni, è un bella ragazza dagli occhi chiari, i capelli lunghi e biondi, un fisico morbido e attraente. Da quando ha quattordici anni fa l'amore liberamente con uomini più grandi di lei. Tratta i suoi compagni di classe come fossero bambini delle elementari. Sicuramente fa una vita diversa dalla maggior parte degli adolescenti. Con i suoi coetanei, invece, anche se lei è un caso limite, condivide la precarietà. Precarietà in casa, a scuola, sul lavoro e per quanto riguarda il futuro. Non ha una famiglia, nel senso tradizionale del termine, non ha certezze e neppure progetti. Sapevamo che era molto ammirata tra le sue compagne perché era una delle più disinvolte e corteggiate della scuo-

la. Cecilia a diciassette anni ne ha già passate tante che ci si potrebbe fare un film intero. Col tono distratto da teenager, Cecilia è capace di parlare per mezz'ora di idilli e vacanze come se fossero l'unica cosa che le importa nella vita e farci scivolare in mezzo, di tanto in tanto, accenni a guai e delusioni che spaventerebbero un adulto, ma sempre con lo stesso tono scanzonato. Cecilia ha una storia così complicata che bisogna riassumerla un po', già in questa introduzione, altrimenti si rischia di perdere il filo.

Non ha mai visto suo padre se non in foto. Nella vita di sua madre dev'essere stato poco più di una meteora. All'epoca della nascita di Cecilia, lui si era già fatto un'altra famiglia, allietata qualche anno più tardi da una figlia.

Anche la mamma di Cecilia aveva già avuto, da un'altra relazione, una bambina che oggi ha poco meno di trent'anni.

Cecilia è cresciuta con sua madre e un uomo che, pur non avendo legami biologici con lei, le ha fatto da padre. Ha cambiato spesso scuola e di questo rimprovera la madre. Quando la relazione tra quelli che lei considera i suoi genitori è finita, si è trasferita con la madre in un'altra città. Una convivenza conflittuale e difficile, fino a che due anni fa Cecilia ha deciso di lasciare la madre e tornare a vivere con l'uomo che l'ha cresciuta. Nuova casa, nuova famiglia, nuova scuola... e nuove delusioni.

La vita da pendolare che Cecilia si è costruita si avvia al fallimento: a fine anno viene bocciata. Nel frattempo anche la convivenza con l'uomo che chiama padre si sta rivelando una delusione. È come se Cecilia abbia cercato di ricostruire il clima dei suoi anni più sereni, ma il tempo è irrimediabilmente passato. L'uomo che l'ha accolta in casa, coinvolto in una nuova relazione, è spesso fuori il fine settimana con la sua fidanzata. Cecilia non la prende bene. In quest'ultimo anno di rivelazioni, delusioni e scoperte, decide anche di cercare il suo vero padre. Sembra una telenovela, e invece è solo un racconto sintetico della vita di Cecilia.

Quello che segue, invece, è il riassunto del secondo incontro con lei, l'estate scorsa: quando stava cercando di prendere di nuovo il largo.

Lo so cosa dicono di me le compagne di scuola, le loro mamme e anche la nuova fidanzata di mio padre; però ascoltate anche quello che ho da dire io. Perché anche se sono la prima ad ammettere che sono specializzata a mettermi nei pasticci, non c'è nessuno che sappia davvero quello che mi è successo negli ultimi anni.

Ho avuto non so più quante storie, ma sono sempre sola. Ci sono quelli che mi vedono alta, bionda, con gli occhi azzurri e poi non vedono altro. Ci sono quelli che scappano appena capiscono che sono minorenne, ma dalla maggioranza degli uomini che incontro sono io a scappare. Non è col sesso che sono timida, figurati. La prima volta che ho fatto l'amore è stato con un ragazzo molto più grande di me, un amico di mia sorella. Avevo quattordici anni. È successo in vacanza. È andato tutto in modo molto naturale. Lui mi piaceva moltissimo. È stato molto dolce. Era delicato e attento, insomma non voleva farmi male. Per qualche giorno ci siamo spediti dei messaggi. Non ho mai pensato di mettermi insieme a lui. Sai, lo capisci quando uno non è proprio adatto. No, mi è piaciuto così... Anche adesso, quando lo incontro, mi fa meno effetto che altri ragazzi. No, io sono timida in altre situazioni. Il fatto è che non mi fido. È vero, io degli uomini non mi fido, ma forse ho qualche ragione per essere così. E dire che non ci vorrebbe tanto per capirmi. Basterebbe davvero poco, ma è tanto tempo che non trovo nessuno che sappia prendermi per il verso giusto. A parte la mia amica Anaim. Se ci fosse lei, adesso non sarei qui, col caldo che fa in città, ad aspettare una telefonata di lavoro che non arriverà. Sarei in vacanza con lei e non starei a fare tutti questi discorsi.

Voglio una barca per andare via

Eppure non chiedo mica tanto: vorrei imbarcarmi per lavorare. La so portare la barca a vela. Ho vinto anche delle regate. Avrei fatto volentieri anche la cuoca di bordo pur di trovare un lavoro in mare. È perché non ho ancora diciotto anni. Dicono che ho poca esperienza e siccome sono giovane non sono affidabile. Eppure sono anni che non sogno altro: salire in barca e andarmene. Ma se non mi danno neanche un'occasione come me la faccio l'esperienza? Io chiedo solo di poter viaggiare. Voglio fare come mio padre, quello vero, non quello con cui vivo adesso. Questo è solo l'uomo più importante di mia madre, quello che mi ha cresciuta.

La mia età dell'oro

È stato il periodo migliore, quello in cui stavamo tutti insieme. Ed è stata brutta quando è finito. La notte li sentivo litigare e non riuscivo più a dormire. A scuola me ne stavo imbambolata con la testa altrove... Qualche anno fa (i miei si erano già lasciati da tempo), quando mia mamma si è accorta che lui mi mancava, ha persino cercato di riavvicinarlo. Venivamo spesso a trovarlo. Non so cosa gli abbia detto ma era evidente che lei era disposta a rimettersi con lui. Lui niente, ha fatto il vago e non c'è stato verso, ma non gliel'ha detto che stava già con un'altra donna. E neanche a me l'ha detto. Così da quando me ne sono andata da casa di mia madre, e sono tornata a vivere con lui, mi sono trovata in questo schifo di situazione: o sola per quattro, cinque giorni di fila o con questa donna tra i piedi. E guai a me se mi faccio scappare una parola con mia madre, le verrebbe un colpo.

Forse è anche per questo che da quando sono qui mi sono messa a cercare il mio vero padre, quello che mi ha messa al mondo. Di lui avevo soltanto una foto e sapevo che pochi anni dopo la mia nascita aveva avuto un'altra figlia da un'altra donna. Sono riuscita a rintracciare questa ragazza e abbiamo iniziato con cautela a mandarci dei messaggini. Una telefonata non me la sono ancora sentita di fargliela. Lei è ancora ragazzina, avrà quindici anni e magari si scombussola a parlare di argomenti così delicati per telefono. Ma ho saputo che anche loro hanno perso i contatti con mio padre. L'ultima volta che l'hanno sentito stava partendo per l'Iraq ma è un anno che non fa avere più notizie. Non solo non ho ritrovato papà, ma mi sono anche un po' pentita di averlo cercato, perché con mia sorella è andata male... Dev'essere sua mamma che le ha messo in testa strane idee perché dopo un po' che ci scrivevamo mi ha mandato questo messaggio: «Se pensi di essere figlia di mio padre perché non ti fai un test del DNA? Perché, scusa, ma lui di te non aveva mai parlato».

Basta coi libri, provo a lavorare

Be', anche questa non devo averla digerita bene perché a scuola è stato un bel disastro: bocciata. Non che mi sia mai ammazzata con lo studio, ma in un modo o nell'altro me la sono sempre cavata. Adesso basta, con la scuola ho chiuso. Cercherò un corso, imparerò a fare qualcosa e poi mi metterò a lavorare. Ma intanto quest'estate mi tocca restare in città.

Ci sarebbe il mio ex. Lui parte con gli amici e non chiederebbe di meglio che portarmi dietro. Sono io che non voglio, anche perché so che è ancora innamorato. Con lui è andata anche andata meglio del solito, infatti siamo ancora amici. Era molto carino con me, il primo che abbia cercato di capirmi, anche se alla fine non ci è riuscito. O forse è soltanto che non ero innamorata.

Coi ragazzi non sono un tipo facile. Quando fanno qualcosa che non mi piace, scappo. Cosa dovrei fare, chiedere spiegazioni? Sparisco soprattutto quando mi accorgo che si innamorano. Qualche volta mi capita di pensare alle storie che hanno le mie compagne di classe e mi viene la depressione. Vedo quelli che stanno insieme da anni, che ormai secondo me non hanno più niente da dirsi. Sento che cosa pensano i ragazzi delle loro fidanzate. Sembrano uomini vecchi. Li vedo quando il sabato vanno a trovarle, emozioni zero. Se appena appena avessero qualcosa di meglio da fare non starebbero lì. Io ci ho provato ad avere una storia lunga. Lui veniva qui, guardavamo un film alla televisione, non aveva senso...

In fuga a Venezia

L'estate scorsa ho avuto due storie importanti. La seconda è nata un po' per caso con un uomo di trent'anni. Mi è piaciuto quando siamo andati insieme a Venezia, ma poi non sapevo più come fare... anche con mia madre. Non sapevo che scusa inventarmi per uscire dopo le otto di sera. E poi ricordo la faccia che ha fatto lui quella sera che ha capito che non avevo neppure diciotto anni. Eravamo al ristorante, a Milano, e lui è diventato bianco. Ho capito che aveva paura. Era una cosa che non poteva funzionare... Figuriamoci, lui lavorava e io dovevo inventarmi una pizza con gli amici per riuscire a fregare mia madre. Ho preferito sparire, come al solito.

Prima avevo conosciuto un altro, un ragazzo sudamericano. Girava il mondo con una sacca piena di orecchini e anelli e altre cosette che faceva lui. Stendeva a terra uno straccio nero per esporre i suoi oggetti. Per vivere gli bastava poco e con i soldi che guadagnava riusciva a girare il mondo. Veniva dall'altra parte della terra e una sera, proprio l'ultimo giorno delle vacanze, mi ha chiesto di andare via con lui. Stavo bene con lui e i suoi amici erano simpatici. Loro avevano già visto tanti posti, tante città, andavano sempre nelle spiagge più belle, ma non me la sono sentita. Poi, sulla nave che mi riportava a casa, ci ho pensato bene e mi sono pentita. In fondo era la cosa che ancora oggi desidero più di tutte le altre: andare lontano, vedere più cose possibili, almeno fino a che non trovo il mio posto nel mondo.

Insomma è difficile incontrarsi... è pazzesco. Lo trovo veramente assurdo, assurdo. Ma forse non è vero, perché l'altra estate in Sardegna c'era uno che mi piaceva abbastanza. Non dico che mi aveva fatto innamorare, però era quello che mi aveva più coinvolto in assoluto. Era un ragazzo di Torino che avevo conosciuto in campeggio. Siamo stati insieme dieci giorni... Aveva un modo di fare che mi faceva assolutamente impazzire. Non ho più trovato un ragazzo così, mai più. Per tutto l'inverno ho perso i contatti... sai, Torino. E poi è stato Vasco a farci rincontrare. Avevamo una passione sfegatata per Vasco – lo ascoltavamo ininterrottamente – e la sera che ha suonato qui mi ha mandato un messaggio: «Scommetto che sei al concerto. Ti ricordi quando ascoltavamo Vasco insieme?» Mi è venuto un colpo e l'ho richiamato subito. Dopo un inverno di silenzio è stato come ritornare di botto all'estate prima. Mi ha fatto molto piacere, l'ho anche raccontato a mia sorella. Alla fine lui mi ha detto: «Pensa al futuro. Ci vedremo molto presto...»

È tutto sbagliato... sì. Di lui non ho parlato, ma c'è stato un periodo che proprio ho voluto dimenticarlo, perché mi dispiaceva avere perso i contatti. Gli ho mandato ancora un messaggio, ma lui non ha risposto. Poi una volta me ne ha mandato uno lui ma abbastanza irritante, al quale io non ho risposto. Mi sembrava stupido un messaggio del genere.

Se venisse a trovarmi? Non lo so, ci sono stata dieci giorni. Il mio sogno sarebbe ritrovare la persona dolce che ricordo, ma sai... in vacanza le persone sono diverse. Comunque lui è una di quelle persone con cui partirei volentieri. Ma è meglio non metterci mai il cuore sopra, o pensare chissà... Tanto poi le cose vanno sempre diversamente.

Valentina
Mamma single sulla soglia di povertà

LE OTTO DI SERA

«Era l'unico momento in cui stavo con mia madre e mia sorella, l'unico momento in cui eravamo tutte e tre insieme. Parlavamo di quello che avevamo fatto durante la giornata e mangiavamo insieme. Spesso, un giorno sì un giorno no, facevamo la frittata coi piselli.»

A mesi di distanza abbiamo sentito Valentina: sembra un po' più serena anche se a fine mese non riesce ancora a chiudere i conti. Viola sta crescendo bene e lei dopo anni di solitudine ha trovato un nuovo compagno. Un uomo separato con figli che pare avere adottato Valentina e Viola. Fa il cuoco e la sera Valentina è felice quando lui cucina qualcosa di buono. Finalmente qualcuno pensa anche a lei.

Ero al quinto mese di gravidanza. Soltanto allora il mio compagno si è ricordato di dirmi che era sposato, che aveva moglie e tre figli. Non me la sono sentita di distruggere quella donna e quei tre bambini. E se ho fatto loro del male è stato senza volerlo. Ho ripensato alla mia infanzia:

una volta ho passato una domenica intera con mia sorella ad aspettare mio padre che doveva portarci al luna park, ma lui non è mai arrivato. Era con la sua amante e si era dimenticato che aveva un impegno con noi... E mia madre, che tentava di coprirlo, ci diceva che era molto occupato, che aveva avuto l'ennesimo inconveniente sul lavoro. Lui ha sempre avuto una sua vita, al di fuori dalla famiglia: tante storie, tante assenze, tante bugie. Non volevo che mia figlia avesse un padre così. Forse un giorno Viola mi rinfaccerà di essere cresciuta senza padre. Ma non ho voluto costringere il mio compagno a rimanere con noi, ad avere altri figli. Comunque è stato un vero stronzo.

Una famiglia strampalata

Mi chiamo Valentina, ho trentun anni e sono nata a Roma. Sono una donna giunonica, capelli corti e corpo immenso. Do l'idea di una che se la cava, che ha le spalle larghe. Ma nonostante questo corpo gigante mi sento una persona fragile.

Sono pronta a sbranare chiunque voglia distruggere la mia famiglia, la mia vita. Mia figlia Viola ha due anni. È bellissima, minuta, bionda, sveglia, con gli occhi blu. Tanto magrolina quanto io sono imponente. Poi ho due cani abbandonati, che nessuno voleva. C'è anche un coniglio che saltella per casa, un gatto e dei pesciolini. Questa è la mia famiglia. Siamo tutti un po' abbandonati, ma un giorno le nostre vite si sono incrociate. Insieme viviamo felici. È come se ognuno di noi capisse la storia dell'altro, come se cercassimo la medesima cosa. A volte le difficoltà sono veramente troppe e mi domando se ce la farò, se riuscirò a proteggere questa anomala famiglia allargata.

Vivo da mamma single, ossia senza un soldo e con un lavoro da centralinista in un call-center. Rispondo alle chiamate per cinque, sei ore al giorno. Non è un lavoro fisso. In quel posto siamo in buona parte precari e se, fatalmente, ci ammaliamo non siamo protetti. Quando stiamo a casa non ci pagano e così andiamo a lavorare anche con una febbre da cavallo. Più telefonate riceviamo, più lo stipendio è grande. Si guadagnano settantasei centesimi a telefonata, e si può arrivare fino a due euro, ma queste sono le eccezioni. Dipende dalla ditta e dal datore di lavoro. Ci sono le giornate nere. Quando si ricevono soltanto dieci chiamate, si fa la fame. Una cosa è chiara; se non ci sei non porti a casa neanche un euro.

A un certo punto sembrava che le cose andassero meglio perché avevamo firmato un contratto per un anno e pensavamo che almeno per un po' si potesse campare tranquilli. Prima ci facevano dei contratti di mese in mese. Ma quando sono tornata dalla malattia mi hanno buttata fuori da un giorno all'altro, pur sapendo che ero sola e che senza il mio stipendio a casa non si mangiava. Hanno detto che il lavoro è lavoro e la vita privata è un'altra cosa. Anche se negli ultimi dieci anni ho passato lì dentro Natale, Capodanno, Ferragosto. In quei dieci anni sono stata assente soltanto quando ho partorito mia figlia. Avevo chiesto un mese e loro non mi hanno rinnovato il contratto. Abbiamo fatto i salti mortali con il sindacato. Nove mesi fa mi sono ammalata e anche in quell'occasione non mi volevano più riprendere. Alla fine, ma ci sono voluti tre mesi, mi hanno reinserita. Mi sono rivolta all'associazione per i diritti del malato e mi hanno reintegrato per forza. Allora hanno pensato bene di fare un po' di mobbing, spostandomi dal turno del mattino al turno notturno. Prima lavoravo quando Viola era all'asilo. Non sapevo più come fare, non potevo pagare una baby-sitter con i seicento euro che guadagnavo. Oltre alle mie sei ore, a volte arrotondo con altri lavoretti. Quando Viola dorme, mi metto a inserire dei dati, indirizzi per conto di diverse società. Non posso più guardare ciò che mi piace o non mi piace fare. Eppure è bello, ho quello che desideravo: una famiglia.

Troppo bello per durare

Quando ero piccola i miei non avevano problemi economici. Ero felice perché ero seguita da mia madre. Ci portava in piscina, in palestra, ai corsi di inglese: tutto quello che io non riuscirò a dare a Viola. Dai quattordici anni in poi è stata dura perché mia madre si è ammalata. La malattia si faceva viva ogni tanto e tutte le volte bisognava ricominciare a combatterla. Ho passato cinque anni con l'angoscia di perderla e alla fine ho sperato tanto che morisse, non vedevo l'ora. Non per cattiveria, ma quando vedi una persona che sta così male, o speri nel miracolo – ma io non credo in Dio – oppure... È morta di tumore. Abbiamo fatto un mutuo per poterla curare. Dobbiamo restituire ancora l'equivalente di quaranta milioni di vecchie lire.

Mio padre era sempre molto impegnato. Il suo lavoro era il suo mondo, lì si sentiva più realizzato che in famiglia. Passava quasi tutto il tempo con i suoi amici. Ho provato una grande rabbia contro di lui, per le amanti che si è trovato, che ha avuto anche durante la malattia di mia madre. Quando lei è morta la mia vita ha perso l'equilibrio. Si tornava a casa a qualsiasi ora e ognuno faceva quello che gli pareva; mia sorella e io ne abbiamo sofferto parecchio.

Per questo forse sento il bisogno di stabilità, di certezze, di regole.

Dopo la nascita di Viola è iniziata una vita un po' più tranquilla. Lascio la bambina al nido e vado al lavoro. Poi, quando ho finito il mio turno, passo a riprenderla. Insieme andiamo ai giardini e poi torniamo a casa, facciamo la doccia. Cose banalissime, ma stiamo bene. Certo, a volte quando devo prendere una decisione importante mi piacerebbe pensare con due cervelli e non con uno solo. Ma ho trovato amiche speciali. Anche loro non hanno avuto una vita facile. Ci basta uno sguardo per capirci: «Adesso non c'è la fai, ma ci sono io».

Non ho un compagno, non mi fido tanto e forse adesso chiederei molto. Tutte le volte che sono in difficoltà mi aggrappo alla mia famiglia, mi dà coraggio, sento che ho una grossa responsabilità, che non posso mollare.

Sono sempre senza soldi. Non vado mai in giro vestita bene, ma mi basta che la bambina abbia tutto quello che le serve.

Ho paura che mi prendano mia figlia

Vivo nel terrore che qualcuno possa portarmi via la mia bambina. Di questo ho tantissima paura. Il problema sono i soldi. Quando è nata Viola, avevo bisogno di lavorare e ho dovuto metterla al nido quando aveva tre mesi. Per essere ammessa al nido ho chiesto aiuto all'assistente sociale, dal momento che i nidi privati mi chiedevano cinquecento euro. Ne guadagnavo seicento e non potevo permettermelo. È vero, sono sola, non sono sposata, ma sono in grado di crescere mia figlia. L'assistente sociale però mi ha fatto mille domande. Ho dovuto spogliare la bambina per provare che non aveva segni strani. Ci sono rimasta malissimo. Era come se mi avessero dato uno schiaffo. Come si sono permessi di pensare che maltrattavo mia figlia! È stata una violenza psicologica terribile. Ero andata a chiedere aiuto e mi hanno risposto mettendomi sotto controllo. È come entrare in un sistema di potere in cui tu non hai nessun diritto, anche se sei la vittima, anzi diventi vittima una seconda volta. Questa mattina ho sentito l'assistente sociale e mi ha chiesto come andava al lavoro. Ho risposto che andava tutto bene. Potevo fare diversamente? Anche se fossi ammalata invece di aiutarmi mi porterebbero via la bambina. Se mi tolgono mia figlia non vivo più, che mi alzo a fare la mattina? Per la disperazione, ho pensato persino di far riconoscere Viola dal compagno di mia sorella, per non perderla. Quando sei una ragazza madre e chiedi aiuto alle strutture devi fare vedere che hai più di quanto non abbia in realtà. Devi fare vedere che le bollette sono state pagate regolarmente, altrimenti non te la fanno passare liscia.

Non chiedo tanto, voglio soltanto un lavoro stabile, che mi consenta di ammalarmi, di curarmi perché anche quello dovrebbe essere un diritto. Il più grosso problema delle ragazze madri è che in qualsiasi momento un assistente sociale qualsiasi può togliere loro il figlio. Non ho mai visto una ragazza madre fare male ai suoi figli, perché quando hai solo i figli ti aggrappi a loro. Ti svegli la mattina e pensi di non voler più vivere, poi ti giri nel letto, c'è lei e capisci che è diventata la tua vita, che non potrai mai lasciarla. Ho iscritto mia figlia in piscina per fare vedere all'assistente sociale che il tenore di vita non è basso. Faccio i salti mortali per pagarla ma è una tutela per me. Non voglio soccombere, non accetto la crudeltà del mondo lavorativo.

Grazie all'euro il mutuo della casa si è come duplicato. Non riesco più a pagarlo e il mese prossimo la metteranno all'asta. A volte mi sembra che mi abbiano buttato nell'oceano e quando finalmente arrivo a riva con difficoltà e penso di potermi rilassare, le onde mi ributtano di nuovo al largo e devo ricominciare a lottare. Così è la vita. «Quello che non ti uccide ti rende forte», mi diceva un amico. Sì, ma io ho già dato. Sì, come diceva mia madre, io ho già dato. Forse bisognerebbe diventare cattivi, ma tanto cattivi non riusciamo a diventarlo, né io, né Viola, né i miei cani, né il gatto, né il coniglio bianco che saltella tranquillo per casa.

Gabriella
La cassiera che cambiò la sua vita

LE NOVE DI SERA

«Mentre lavavo i piatti, dopo cena, ho capito che volevo essere un'altra persona. In quel momento ho deciso di cambiare drasticamente la mia vita. Il giorno dopo ho lasciato mio marito e mi sono sentita più forte.»

Stavamo girando un servizio su uno dei quartieri degradati di Milano, dove gli anziani sono prigionieri in vecchie case di cinque piani senza ascensori. Lì abbiamo incontrato Gabriella. Sembrava una ragazzina superattiva, portava la spesa ad alcuni anziani ammalati. Non avremmo mai immaginato che fosse una donna quasi quarantenne con una figlia di diciannove anni e soprattutto con una grande forza: quella di aver avuto il coraggio di cambiare la propria vita.

Ho fatto la cassiera di un supermercato e, per quanto possa sembrare ridicolo, lo ricordo come un periodo divertente. Ero giovane, avevo voglia di lavorare e mi piaceva stare insieme agli altri. Avevo diciannove anni e un diploma da perito aziendale, ma non riuscivo a trovare un lavoro. Il primo posto l'ho avuto in un grande magazzino, come commessa. Alla fine sono rimasta dieci anni. Eravamo tutti giovani, allegri e spensierati. A fine turno si andava a bere qualcosa insieme. Ci si trovava la domenica. Avevo molti corteggiatori, clienti che facevano la fila per potere scambiare due parole con me, farmi la corte, darmi un bigliettino. C'era un viavai continuo di persone diverse, giovani, vecchie, madri di famiglia con cui poter chiacchierare. Tra noi cassiere facevamo a gara a chi alla fine della giornata aveva incassato di più. Si riceveva anche un premio. È stata una scuola di vita. C'era l'amicizia, ma c'era anche chi faceva carriera sulla pelle degli altri. Gli sgamati e i furbi riuscivano a fare più strada. Non era da me.

Lì dentro ho conosciuto mio marito: aveva in gestione un negozio all'interno. Quando passava pensavo: « Caspita che bel ragazzo ». È stato il primo uomo per il quale ho perso la testa, un vero colpo di fulmine. Vivevo come in una nuvola, estasiata, e non capivo più niente. Prima di lui avevo avuto un ragazzo per otto anni ma senza emozioni travolgenti. Un giorno l'avevo trovato con un'altra e l'avevo lasciato. Con Luigi è stato diverso: un grande innamoramento. L'ho sposato e sono rimasta incinta subito.

Quando è nata mia figlia ho cominciato a lavorare part-time e nello stesso periodo sono anche tornata con i piedi per terra. Mio marito non rinunciava a nulla, né a spendere soldi nonostante fossimo in ristrettezze, né a uscire con i suoi amici, quando e come voleva. Non voleva maturare, continuava a vivere come se fosse da solo, senza prendersi nessuna responsabilità. Io due bambini non li volevo, da lui mi aspettavo maturità. Sette anni dopo, stavo lavando i piatti mentre mio marito e mia figlia sedevano a tavola, mi sono chiesta se quella fosse davvero la vita che volevo fare.

Ho deciso di chiudere e la mattina dopo sono andata dall'avvocato. Lui se n'è andato di casa sbattendo la porta, senza tentare di capire. Non ha più voluto vederci, ci ha cancellate dalla sua vita. È andato a vivere in Sardegna e per diciannove anni non ha sentito il bisogno di vedere sua figlia. Sono contenta di essere stata capace di decidere cosa fare con la mia vita anche se non è stato facile. Ho dovuto ricominciare a lavorare a tempo pieno per mantenere mia figlia, questa volta in una grossa società.

Tutto di corsa

Sono stati anni di corse per portarla all'asilo, per andarla a prendere; poi c'era la scuola. Lavoravo e facevo da madre e da padre. Nonostante le difficoltà, io e mia figlia siamo state felici. Ho tentato di darle il doppio di tutto: doppio affetto, doppie coccole, doppio amore. Sono sicuramente diventata iperprotettiva. Fino ai suoi diciannove anni, tutte le sere le ho grattato la schiena. Sono stata una madre esagerata, ma è stato importante essere così presente per renderla più serena, più tranquilla, più forte.

Anni dopo mi sono trovata un altro compagno, questa volta era uno benestante. Avevo un uomo che mi voleva bene, un lavoro, mia figlia, una bella casa, eppure avevo un vuoto dentro che non riuscivo a colmare. Ero infelice. Ci sono voluti alcuni anni per capire che era il lavoro che non andava bene, era l'ostacolo della mia vita. Così ho ripreso a studiare. La sera, dopo otto ore di lavoro, correvo al mio corso da assistente sociale, poi tornavo a casa da mia figlia e dal mio compagno, tentando di tappare i buchi. Mi alzavo all'alba per preparare la cena per la sera. Tutto di corsa per un anno. Ma quell'anno mi ha fatto aprire gli occhi. Ho cominciato a fare del volontariato il sabato, a volte la domenica, negli ospedali. Ho finito il corso a giugno e a luglio ho deciso di licenziarmi. Avevo uno stipendio buono e mi lasciavo alle spalle la sicurezza. Avevo tutto e ho lasciato tutto. I miei amici mi prendevano per matta. A luglio mi sono licenziata ma a settembre lavoravo già di nuovo. Sono entrata in un nuovo progetto: i custodi sociali nel quartiere Stadera.

Mai visti tanti guai tutti insieme

Ero felice ma anche spaventata, non avevo mai fatto del lavoro sociale, solo volontariato. Ma forse per aver fatto una scelta chiara nella mia vita mi sentivo una gran forza interiore. All'inizio non avevamo un ufficio, né una scrivania. Andavo per il quartiere e mi presentavo a tutte le persone che incontravo. Sono stata dai vigili, dagli assistenti sociali, dai bottegai, e a poco a poco tutti ci conoscevano. Il nostro compito era quello di aiutare gli anziani, fargli la spesa, risolvere i loro problemi, portargli i medicinali. Non avevo mai visto un quartiere tanto povero, tanto degradato. Rottami e spazzatura buttati da tutte le parti; vermi che colavano a mucchi dai rifiuti lasciati a marcire durante l'estate sulla strada. Malavita, abusivismo, spaccio di droga: c'era di tutto. Venivo da una famiglia normale. Mio padre aveva una piccola ditta artigiana con tre operai e non c'era mai mancato nulla. La miseria e il degrado non li avevo mai visti. Poco alla volta ci hanno dato un piccolo ufficio, due sedie e un tavolo. Si è sparsa la voce che aiutavamo gli anziani, ma sono venuti a chiedere aiuto anche i tossicodipendenti e le famiglie poverissime.

Sono passati tre anni e il nostro centro sta funzionando

benissimo. Le persone si fidano di noi, vengono a chiederci aiuto. Alcuni anziani, quando entro a casa loro, hanno un gran bisogno di parlare, poi si mettono a piangere; vedo la loro solitudine e questo mi spaventa perché anch'io sarò anziana un giorno. A volte raccontano le loro esperienze e m'insegnano molto, sento che posso confrontarmi. Una di loro ha tirato su cinque figli da sola in una piccola casa. Li lavava uno per volta dentro a una bacinella e quando finiva, scendeva in cortile per pulire al lavatoio i loro vestiti fino a tardi. La mattina faceva i mestieri da alcune famiglie. Con fierezza mi ha raccontato che li ha sposati tutti. Adesso questa persona si ritrova a ottanta e più anni da sola, senza potersi muovere, senza nessuno di questi cinque figli che l'aiuti.

Alcuni sono depressi, scoraggiati, ma altri sono ancora pieni da vitalità. Io seguo centottanta anziani. Due signore centenarie sono morte l'anno scorso. Quasi tutti vivono da soli, senza aiuto. Fanno fatica a sopravvivere, figurarsi se si possono pagare qualcuno che li accudisca. Con le poche risorse che abbiamo li aiutiamo a pagare la spesa, a imbiancare i muri che non sono stati pitturati da anni. In alcune case il bagno è così piccolo che a malapena ci si entra, non hanno né una vasca né una doccia. Si lavano nel lavandino. I più fortunati vanno al centro sociale, giocano a carte. Ma molti non escono o non possono uscire di casa. Qualcuno legge, qualcuno ascolta la radio, qualcuno ha la TV, ma la maggior parte di loro non fa niente, aspetta di morire. Se sei allegra e vivace li vedi che riprendono vita, come se qualcuno li avesse svegliati dal loro torpore. Sono felici che qualcuno sia lì per loro.

Guadagno millecento euro al mese. Sono nuovamente sola perché dopo dieci anni ho lasciato il mio compagno.

L'ho deciso un giorno in cui abbiamo visto un incidente. Gli ho chiesto di fermarsi per aiutare quelle persone. Mi ha risposto di no, che lo avrebbe fatto qualcun altro. L'ho lasciato, portando mia figlia con me. Si ricomincia sempre, ma ogni volta mi sembra di avere più certezze sulla mia vita, e quello che conta per me. Non mi fa paura restare da sola. La mia vita è piena di leggerezza, di felicità. Riesco a ridere, a scherzare, a farmi molti amici e nel quartiere gli anziani, e non solo loro, mi vogliono bene. Ho deciso di chiedere un mutuo e di comprare un bilocale in periferia così nessuno mai, nessun uomo, mi potrà mandare via.

Carla
Luna di miele con la mia nemica

LE DIECI DI SERA

«La sera a letto sentivo un pianto soffocato che pensavo fosse quello di mia madre e invece era il mio. Per tutto quello che non riuscivo a dire e che soffocavo con la malattia.»

Questa storia Carla l'ha scritta da sola e poi ce l'ha spedita.

Tante volte mi hanno chiesto: «Racconti la sua storia». Erano medici, terapeuti, internisti... e la mia risposta era sempre la stessa: «Sono anoressica». Sì, per anni non vedevo che questo, ero l'anoressia. Ora, invece vorrei provare a dare una risposta diversa.

Sono Carla, ho ventitré anni, un ragazzo che amo e con cui vorrei avere una famiglia, dopo la laurea in filosofia. Ho una famiglia meravigliosa... Insomma ho un futuro da scrivere e un passato da ricordare! Un passato che vive in me, una pelle che mi ha fatto del male, ma mi ha anche aiutata a crescere e a diventare la persona che sono.

È da quando sono nata che lotto per vivere, era prematura: mio padre mi teneva nel palmo della mano. Ho avuto fortuna a sopravvivere. Ma forse ero caparbia già da allora.

Sono stata felice. Adoravo il mare, l'acqua salata, le giornate di sole. Adoravo ballare, il mio gioco preferito era indossare il tutù e fingere di essere una ballerina classica... Avevo quattro anni e di lì a poco sarebbe nata mia sorella. L'amavo, ma ero gelosa di lei. Però non riuscivo a dirlo, proprio non potevo. Mi sentivo in colpa: una bambina così buona e riflessiva non poteva provare sentimenti negativi. Da allora sono cresciuta con l'assurda idea che mia madre amasse solo mia sorella, mio padre, mio fratello... E quando ho cominciato le elementari mi sono impegnata per essere una figlia perfetta, buona e tranquilla, laddove mia sorella era impulsiva e un po' prepotente. Ero convinta che il loro amore dovessi conquistarlo, perché a me non era dovuto.

A nove anni ero già molto matura per la mia età, o almeno, lo sembravo. Invece avrei voluto anch'io fare i capricci. C'era però una presenza costante al mio fianco: mia cugina, di un anno maggiore. L'ammiravo molto, avrei voluto essere come lei, avrei voluto avere la sua forza, il suo caratterino... Alle medie ero impegnata soprattutto nella mia crociata per rendere mio padre orgoglioso di me e vivevo di scuola. Ma a scuola ero sempre stata brava, non faceva più notizia. Con le mie compagne mi sentivo a disagio. Ero cicciotella e mi sentivo diversa: tutte le mie amiche avevano un ragazzo, una storia... e io... solo la scuola.

Era il periodo di *Non è la Rai* e di *Beverly Hills*. M'ipnotizzavo di fronte alla TV, e dopo mi chiudevo nella mia stanza a ballare, a immaginarmi con un corpo perfetto, con dei vestiti alla moda, ammirata e corteggiata dai ragazzi più belli. Era un po'una seconda vita, quella che avrei voluto vivere. Ma nella mia realtà nessuno mi chiedeva di uscire, o di ballare alle feste e alle gite scolastiche le mie amiche mi lasciavano sola. Per fortuna c'era l'estate: non avevo la pressione della scuola, potevo passare ore con mia cugina, a sguazzare nel mare. Poi anche questa stagione non mi fu più amica, ero diventata troppo pesante per giocare con i miei cugini, non volevano più prendermi sulle spalle e io restavo lì a guardare mentre si divertivano, sognando che le mie gambe fossero magre, non si toccassero, che la mia pancia fosse piatta come quella di Barbie.

Una pancia come quella di Barbie

Quando ho iniziato il liceo, la paura era più forte della curiosità. L'estate successiva ho cominciato la mia lotta col peso. Mi sono convinta di dover dimagrire per essere accettata e amata. Avevo conosciuto un ragazzo, Giorgio, un bel tipetto, corteggiato da tutte. Me ne innamorai anch'io. Lui, però, pensava a un'altra ragazza, con un fisico mozzafiato... Per lui ero solo un'amica e non riuscivo a capire come poteva amare una persona che lo faceva soffrire tanto, tradendolo col suo migliore amico. L'unica spiegazione che riuscivo a darmi era il suo corpo perfetto. Tornata dal mare, ho cominciato la mia battaglia contro la bilancia e contro i chili di troppo. Non ero né grassa né magra, ma ero già anoressica! È stato l'inizio della fine... Purtroppo non ci si rende conto subito di quanto sia pericoloso, perché durante quella che si chiama «luna di miele» tutto sembra sorriderti, i problemi sembrano abbandonarti con i chili... Tutti mi facevano i complimenti per il mio fisico sempre più asciutto, per la mia volontà, e mentre prima era sempre la scuola l'argomento delle mie conversazioni, adesso tutto mi sembrava diverso. Mi sentivo più sicura, ero convinta che le mie amiche mi accettassero perché stavo dimagrendo. Ma più passava il tempo e più i risultati raggiunti non mi bastavano e se all'inizio il mio obiettivo era l'agognata taglia quarantadue, dopo era diventata la quaranta e poi la trentotto e poi... E così continuavo a dimagrire, convinta che la mia vita sarebbe stata diversa, ignorando i messaggi del mio corpo che stava andando in riserva.

E poi il primo ragazzo, il primo bacio. Stavo vivendo un sogno. Adesso che stavo dimagrendo le cose stavano cambiando e non potevo rinunciarci. Ormai ero malata e non riuscivo a capire che l'amore e l'affetto sono a prescindere dall'involucro esterno perché vengono da dentro e desiderano essere coltivati. Ma io non potevo rendermene conto. Per me tutto girava intorno all'immagine corporea. Se avessi controllato la mia alimentazione e il mio corpo, avrei avuto successo nella vita. Aumentavo le ore in palestra e diminuivo il cibo nel piatto. Scappavo di casa mia appena potevo e mangiavo da sola per nascondermi da mia madre. Ma lei aveva capito benissimo cosa stava succedendo. Mi trascinava da ogni specialista, non poteva vedermi morire. Mi ha portata anche da un terapeuta, Salvatore. È stata la prima ancora di salvezza. Ormai ero diventata intrattabile e il mio ragazzo, con le lacrime agli occhi, mi disse che non poteva più stare con me, anche se mi amava.

Il mio mondo crollava, e io, sotto le sue macerie, volevo che la mia sofferenza si vedesse anche all'esterno. Allo specchio ero uno scheletro, ma i miei occhi continuavano a vedere soltanto la poca carne intorno alle ossa. Stavo male e il terapeuta non riusciva a farmi ragionare: mi fece ricoverare in ospedale. Fu il mio primo ricovero. Ho ricominciato a mangiare, ma non ero guarita. Avevo soltanto scoperto la bulimia. Avevo imparato il modo per mangiare e fare contenta mia mamma, senza ingrassare. Un altro calvario: frustrazioni, sensi di colpa, prese di peso con repentini cali che rasentavano la morte. Intanto io continuavo a pensare da anoressica. Mi ero iscritta all'università: una scelta sofferta perché andava contro le aspettative di mio padre. Filosofia non era il massimo per lui. A me piaceva. Ma era un'altra prova da superare, un'altra cosa da dimostrare, un altro obiettivo da raggiungere. La malattia non mi permetteva di essere abbastanza tranquilla per studiare e anche con la media del trenta non ero contenta.

Specchio delle mie brame

In un periodo di calma apparente ho conosciuto la persona più importante della mia vita: il mio amore, Luigi. Sapeva della malattia, anche se non ho potuto dirgli tutto, volevo proteggerlo. E fin quando ho potuto l'ho fatto, ma ero fragile e indifesa. Mi sentivo inadeguata. Cercavo ancora di essere, almeno con lui, una ragazza perfetta, sempre allegra, sempre tranquilla. Ma dentro continuavo a morire. Pensavo che uno bello come lui meritasse una ragazza perfetta e in forma. Non era lui a chiedermelo, era la mia malattia che lo pretendeva. E quando è morto mio nonno, il mio labile equilibrio è crollato ancora. Ormai avevo creato una muraglia intorno a me. Nessuno poteva aiutarmi, né la mia famiglia, né il mio ragazzo, né il mio terapeuta. Così mi hanno affidato a qualcun altro, a « Babbo Flaviano » come lo chiamo io!

Sono arrivata a Villa Pini, un centro specializzato, senza sapere quello che mi aspettava, spaventata e sfiduciata. Sapevo soltanto che non sarei riuscita a farcela da sola. Lì ho incontrato i miei angeli custodi. Persone meravigliose, a partire dalle infermiere per arrivare alle dietiste e alle mie dottoresse che adoro. Avevo bisogno di credere, di fidarmi e dopo aver osservato tutti ho deciso che potevo lasciarmi andare. Ho remato con loro verso la guarigione, ho capito, con grande sofferenza, da dove veniva il mio disagio, ho ascoltato i loro consigli e soprattutto me stessa, la mia parte malata e quella innamorata della vita. Ho deciso che volevo vivere.

Non è stato facile e non lo è neanche adesso, ma ho lottato tanto e continuo a farlo. Sono stata fortunata ad avere sempre al mio fianco la mia famiglia e il mio ragazzo. Mi hanno dimostrato che amare vuol dire accettarsi l'un l'altro per come si è. Avrei voluto, o dovuto essere meno perfetta per non farmi tanto male. Avrei voluto saper leggere tra le righe di un business che mercifica le nostre vite per leggi di mercato. Il passato non si può cambiare, ma il futuro sì. E ora mi sento un pesciolino rosso che va contro corrente. Credo che il segreto della vita stia tutto nella libertà di decisione, nella libertà del corpo e dell'anima. E l'anoressia e la bulimia questa libertà te la tolgono.

Adesso sto meglio anche se la mia battaglia non è ancora finita. Ho l'appoggio delle persone che amo, delle persone che mi curano. Ho imparato a leggere tra le righe. Adesso non sono né grassa, né magra, sono semplicemente Carla. E posso cominciare da questo per scrivere il mio futuro, illuminata dal raggio di sole che mi porto dentro.

Elisabetta
La violenza in casa

LE UNDICI DI SERA

«Per anni è stata una sofferenza. Quando si avvicinavano le undici, per me finiva la quiete e cominciava a crescere l'ansia. Sentivo l'ascensore che arrivava al piano, le chiavi nella toppa e mi veniva il panico. Ho avuto l'ansia per anni, persino dopo che se n'era andato, quando verso quell'ora sentivo il rumore dell'ascensore.»

Non è facile che una donna maltrattata abbia voglia di raccontare pubblicamente la sua storia. Se ha ancora a che fare con un uomo violento è perché ha problemi più seri da affrontare, se è riuscita a voltare pagina è probabile che non abbia voglia di ricordare un brutto periodo. Elisabetta è una delle poche che l'ha fatto. Qualche anno fa, quando il sindaco di Bologna voleva far chiudere la «Casa delle donne per non subire violenza», lei si è presentata in conferenza stampa e ha iniziato così il suo intervento: «Il primo schiaffone l'ho preso il giorno dopo il matrimonio...» Ha raccontato qualche episodio della sua vita da incubo con un uomo talmente seducente che è riuscito a conquistare persino la psicologa a cui si erano rivolti come coppia, quando la loro sto-

ria stava andando a rotoli. Ma soprattutto ha spiegato che senza la Casa delle donne non ce l'avrebbe fatta a uscire da quell'incubo: «Temevo di incappare in un covo di femministe, ho trovato una concentrazione abusiva di angeli che mi hanno ascoltato e soprattutto hanno aspettato che fossi io a scegliere e a trovare la forza di decidere». Ha regalato ai cronisti a caccia di emozioni forti qualche mozzicone della sua vita, perché era convinta che la sua esperienza avrebbe potuto aiutare altre donne che hanno passato o stanno passando quello che ha passato lei. Con noi ha fatto molto di più, oltre alla sua storia, ci ha spedito un racconto: è ispirato a un episodio vero e l'ha scritto poco dopo la fine del suo matrimonio. A noi è piaciuto al punto che abbiamo pensato di inserirlo in questa raccolta. Non solo perché è divertente, ma perché riesce a trasmettere, meglio di tante spiegazioni, le sensazioni che ha provato in un periodo difficile. Ci è piaciuto anche perché, dopo quello che ha vissuto, Elisabetta ha avuto l'energia e l'immaginazione di parlarne con un tono ironico e leggero, e una grande vitalità. Non basta? Ci è piaciuto perché uno pensa che le donne maltrattate siano un genere in estinzione, almeno nel nostro Paese (in altre parole siano donne un po' fesse). E invece può succedere anche a una donna indipendente e autonoma, con un bel lavoro e un ruolo sociale. Elisabetta ci ha spiegato come ci è scivolata in questo brutto guaio e quanto è stato difficile uscirne, ma prima della sua storia ecco il suo racconto.

È molto tempo che non faccio la spesa in questo supermercato del centro, penso mentre chiudo il motorino e frugo nelle tasche alla ricerca della moneta per il carrello.

La fotocellula della porta scatta docile, e con essa mi

scivolano addosso anche i ricordi. Saranno passati due anni o forse tre... ricordi sgradevoli, difficili da dimenticare, ma così dilatati che faccio fatica a contenerli in uno spazio temporale. Allora ero ancora sposata: sei anni da incubo con un caraibico romantico e psicotico.

Mentalmente afferro un ricordo piacevole, mi ci aggrappo e mi lascio trasportare...

Era la fine di febbraio, anzi l'inizio di marzo, lo ricordo bene: ero appena tornata dai Caraibi, un'abbronzatura invidiabile e un'aria rilassata mi rendevano consapevole di godere, per almeno quindici giorni, di un certo fascino.

Avevo indossato di proposito un morbido abito di lana bianca che avvolgeva docile le mie curve formose. Ma quello che lo rendeva vincente era la scollatura che si apriva sul mio seno fuoriserie. A questi livelli non si parla di misure ma di circonferenza e profondità.

Centocinque coppa D è un gran patrimonio e io lo porto in giro con disinvoltura. Ero consapevole del suo potere: possedevo un'arma impropria e non mi vergognavo a usarla all'occorrenza!

Avevo imparato presto che, con la maggior parte degli uomini era sufficiente affidarsi a un gesto semplice e involontario, come slacciare il primo bottone della camicetta.

Spingevo il carrello consapevole degli sguardi maschili di ammirazione.

La mia autostima era così dilaniata che mi accontentavo anche di quei facili consensi. Inchiodai il carrello bruscamente... avevo superato la scansia dei detersivi e il terrore di aver rischiato di dimenticare lo smacchiatore per polsini e colletti mi pervase da capo a piedi. Indietreggiai rapida e afferrai il magico e prezioso liquido, senza neppure controllare il prezzo: era una questione di sopravvivenza. La settimana precedente lui mi aveva buttato sei camice lavate e stirate nel cesto della biancheria solo perché avevano un alone sospetto sul colletto interno. Era colpa mia se la sua pelle era scura e grassa e macchiava le camice bianche?

Ero arrivata alla corsia del riso, dovevo prenderne almeno tre pacchi da mezzo chilo, sarebbe durato sì e no quindici giorni. Lui non rinunciava alle sue radici alimentari, neppure nel regno della pasta, ma costringeva me ad abiurare!

Il riso fa bene, pensai, le imposizioni un po' meno.

Notai che un bell'esemplare di sesso maschile, bianco, ben vestito e inequivocabilmente italiano si dirigeva verso di me con un sorriso e una domanda prestampati sul viso.

Mi girai istintivamente e afferrai due confezioni triple di fagioli dalla scansia. Sono salva per almeno sei pasti con queste e il riso, pensai. Posso anche non cucinare per ben sei volte, nei prossimi giorni: gli rifilo la sua sbobba preferita e magari non si accorge neppure che non torno a casa per pranzo. Certo se poi mi scopre rischio un'altra visita al pronto soccorso. Ma con queste scatole lo frego, vedrai.

Sì, riso e fagioli!

« Scusi signorina », la voce mi arriva all'orecchio forte e chiara da meno di trenta centimetri, ma non può essersi rivolto a me, si vede subito che sono una signora, anzi una casalinga e pure frustrata!

Mi giro lentamente, con indifferenza, pronta a riprendere il mio itinerario tra le corsie. « Mi scusi sa dirmi dove stanno i surgelati? » È single e sta proprio parlando con me perché non c'è nessun altro oltre a noi due!

La mia ironia entra in circolo in automatico: « Segua la corrente fredda, quando incontra i pinguini, è arrivato... » Scoppia a ridere, sollevato per la riuscita dell'approccio e per il mio modo disinvolto di eludere la domanda, pretestuosa in un supermercato minuscolo.

Anch'io rido, non per compiacermi della battuta ma per l'eccitazione che si sta impadronendo di me.

Da quanto tempo un uomo, che non sia mio marito, si rivolge a me come donna e mi fa sentire attraente e desiderabile con un solo sguardo?

Poi lo guardo bene e mi accorgo che non ha né la spada, né l'armatura e neppure il pennacchio sul cappello. Non è lui il principe azzurro che aspetto, colui che mi salverà dall'orco che mi tiene prigioniera. La verità è che se anche arrivasse un esercito di principi azzurri li guarderei con poca attenzione. Io per ora non vedo vie d'uscita. Sono prigioniera in un buco talmente fondo che nessuno può aiutarmi a uscire.

Questo poi può offrirmi al massimo una notte di amore e di passione. Non la disdegnerei affatto visto che sono reduce da anni di orgasmi da lampadario (quelli in cui ti concentri su ogni particolare del lampadario e speri che venga in fretta; ho già cambiato tre lampadari per la noia) ma il rischio è troppo alto.

Morire tra le braccia del principe azzurro amato e agognato fin dalla pubertà è un pensiero esaltante, farmi picchiare a sangue per uno sconosciuto che non mi accompagnerà neppure al pronto soccorso, è idiota. Copione già visto, grazie, non ne vale la pena. Ormai il mio obiettivo è sopravvivere senza angoscia.

Mentalmente gli rivolgo un «Grazie di esistere e di avermi fatto sentire ancora viva» che affiora in un sorriso di commiato.

Riprendo a zigzagare nella corsia dei prodotti da forno, pregando che non siano finite le focaccine con l'uvetta per la sua colazione... già m'immagino un buongiorno di grida e insulti e mi sale una nausea leggera.

La fortuna mi assiste e il timore di qualche sventura imminente mi convince a farne incetta, tanto non scadono. Guardo l'orologio e mi accorgo di avere già superato il tempo limite, rischio la scenata. Ma tornare a casa senza la camomilla significa generare un mostro che mi sbranerà ogni sera al suo ritorno e soprattutto non saprò dove mettergli le gocce di Tavor senza che se ne accorga! Mi precipito sulle confezioni formato famiglia, sono più rassicuranti, non solubili, in filtro, fiore intero e che abbia un gusto forte che nasconda il sapore del medicinale. Sono diventata anche cinica ed efficiente da quando devo difendermi da lui.

Corro verso la cassa, se mi manca qualcosa d'indispensabile, mollo il carrello in fila e faccio una corsa a prenderlo. E se qualche vecchietta in pensione, che non sa come far venire sera, protesta, me la mangio!

Ovviamente lo sconosciuto ha raggiunto la cassa prima di me, il suo carrello è quasi vuoto, mentre il mio deborda come sempre. Spesso le cassiere mi chiedono quanti bambini ho a casa. «Nessuno», rispondo seccata. «I bambini non mi piacciono e neppure fare la spesa, così non vengo al supermercato per un mese almeno». In realtà sono solo un po' esagerata. Tutto nella mia vita è esagerato. Le passioni, le curve, i guai. Ma soprattutto le paure, perché nella mia vita anche dieci minuti di ritardo per una squallida coda al supermercato possono scatenare una tragedia.

La mia fila è la più lenta e sbircio la cassiera sperando che senta il mio sguardo, la mia angoscia e aumenti il ritmo.

La solita chiacchierona, sbuffo tra me e me.

Quando, finalmente, le arrivo davanti il suo sorriso accattivante e il saluto sincero mi fanno sentire un po' acida.

Sì, lo sto proprio diventando. Sono una donna che non ride più e non so neanche ricambiare il sorriso di una sconosciuta. La ragazza chiacchiera con lo stesso ritmo del registratore di cassa e io, come sempre, le concedo vaghi cenni di assenso e qualche sorriso forzato.

Spingo il carrello nell'ascensore e mentalmente calcolo azioni e ottimizzazione dei tempi per arrivare a casa il più in fretta possibile. Se azzero il ritardo, azzero la colpa, azzero le conseguenze. Lo sconosciuto dei surgelati è sparito e io fantastico per un attimo su cosa avrebbe potuto succedere se...

Fantasie che durano lo spazio di tre piani, quando l'ascensore arriva al sotterraneo atterranno anche i miei sogni a occhi aperti.

Apro il baule dell'automobile per sistemarvi le sporte, quando la voce dello sconosciuto arriva da dietro: «Posso darti una mano?»

«No, grazie ce la faccio da sola, sono abituata.» Non ho neppure finito di parlare che già mi do della cretina: le donne autosufficienti spaventano gli uomini, lo sai, e poi, perché non risparmi una fatica? I gesti gentili mi imbarazzano, così come i complimenti. Ma il tipo è davvero intraprendente e ha già afferrato due pesanti sacchetti del carrello. Determinato e disarmante, proprio come piacciono a me... e a qualche milione di altre donne, magari giovani e libere!

Il suo odore mi arriva addosso all'improvviso, e raggiunge i miei sensi eludendo ogni sistema di difesa. Ho un attimo di stordimento mentre i ricettori del mio cervello lo classificano tra i pensieri piacevoli. Probabilmente ha fatto una scommessa con un amico su quante donne riesce a rimorchiare in un supermercato, o forse è un maniaco che aspetta il momento giusto per aggredirmi. Sicuramente ha qualcosa che non va, sennò non perderebbe tempo per una come me.

«Mi chiamo Davide e tu?» Sarebbe scortese non rispondere, ma mi limito al nome di battesimo, non si sa mai.

«Elisabetta, piacere», pronuncio il mio nome un attimo prima di entrare nell'auto e infilare la chiave. Si china su di me, e sento una tempesta magnetica scatenarsi nei venti centimetri di atmosfera che ci separano...

«Possiamo bere qualcosa insieme?» La tentazione di rispondergli che sono astemia e ho sposato un barman è forte, ma mi trattengo perché è vero ed è già troppo tempo che la battuta non mi fa più ridere.

«No grazie, sono in ritardo. Magari un'altra volta.»

Davide incalza: «D'accordo, lasciami il tuo numero di telefono, così ti chiamo nei prossimi giorni».

Il pensiero di ciò che mi aspetta a casa mi rende brutale: «Senti, sono sposata, ho un marito geloso e pericoloso. E non mi interessano le avventure. Sei stato gentile, arrivederci e grazie».

Allunga la mano per salutarmi, io gliela stringo e non è pura cortesia. Il pensiero del contatto con la sua pelle mi tenta da almeno quaranta secondi, e per le cellule sensibili quaranta secondi sono un'eternità! Lo sapevo, accidenti! Appartiene alla pericolosa razza «Scarica elettrica»... alza i tacchi, prima che sia troppo tardi! Chiudo lo sportello approfittando dello smarrimento che ha colpito anche lui e prima che possa farmi altre domande o profferte sono già in cima alla salita. Ma il turbamento mi resta attaccato alla pelle e ci vuole tutta la strada verso casa per tornare in me.

Sono passati solo pochi giorni quando Nicoletta mi comunica: «Hai la Refil in attesa sulla tre e Davide sulla cinque. Quale prendi?»

«Davide chi?»

«Ha detto solo Davide... gli dico di faxarmi il curriculum?»

«No, grazie, prendo io la cinque.»

«Pronto... chi parla?»

«Ciao sono Davide... quello dei pinguini... al supermercato, ti ricordi?»

Ho un attimo di esitazione, non certo perché mi sia dimenticata di quel breve e raro momento di euforia, ma sono sconcertata dal fatto che abbia scoperto dove lavoro. Sono certa di non averglielo detto.

«Sai, ho un amico all'ACI, la macchina risulta intestata a tua madre, tua sorella è stata molto gentile...» si affretta a giustificarsi anticipando la mia domanda.

«Sei un vero segugio, di che cosa ti occupi, Sherlock?»

«Sono un commercialista.»

«Ah be', allora sono salva! Temevo fossi un venditore della Folletto!»

«Sei davvero simpatica, bella e simpatica!»

«Il concetto di bellezza è molto soggettivo, ma ti comunico che uno specchio in casa mi è rimasto, e ci passo davanti tutte le mattine. Velocemente, molto velocemente.»

«Vorrei rivederti... è possibile?»

«Ecco: forse non mi hai visto bene...»

«Non ti ho guardato bene, sono rimasto fulminato dai tuoi verdi...»

«Occhi? Avrei giurato che mi fissavi venti centimetri più in basso!»

«Noo, cioè sì... anche le tue curve mi hanno colpito...»

«Tesoro, queste non sono curve, sono tornanti: è meglio che tu ci vada piano!»

«Hai ragione, mi gira già la testa solo a pensarti... Posso rivederti, così ti guardo meglio?»

La tentazione è forte, il gioco della seduzione è sempre stato il mio preferito e anche quello che mi riusciva meglio.

Ma questo sconosciuto entra in sintonia con troppa facilità e questa intimità mi spaventa.

«Passo a prenderti in moto e facciamo una corsa fino alla fine del mondo?»

Adoro i giri in moto, come lo avrà capito?

«No, grazie, soffro di sinusite», mento. Non sono padrona del mio tempo e la mia vita è già troppo complicata. «Senti, Davide, mi piacerebbe, davvero. Ma non posso, non ancora. Ti prego, non insistere.»

«Capisco, non voglio metterti in difficoltà... ti lascio il mio numero di telefono, così se per caso ci ripensassi, un giorno...»

«D'accordo ma non ti aspettare che ti chiami prima della prossima reincarnazione!» Ovviamente non lo chiamai. Però ho conservato il suo numero gelosamente, come una promessa d'amore adolescenziale. Talvolta, confesso, quando mi sentivo più sola e più vuota del solito, formavo il suo numero e rimanevo ad ascoltare il crescendo esasperato dei suoi «Pronto?» o il bip della segreteria, senza mai osare lasciargli un messaggio.

Sono arrivata alla cassa, come al solito c'è la fila, ma non mi agito più. Ho molto tempo, ho tutto il mio tempo.

Il mio carrello parla di me: una montagna di cibo per i miei gatti adorati, acqua e surgelati. Formaggio e verdure per un paio di cene. Prosciutto e piadine per ogni emergenza.

«Buongiorno, due sportine, grazie.»

«Ciao, bentornata! Come stai? Hai cambiato colore dei capelli?»

Alzo lo sguardo stupita e mi ritrovo di fronte al solito sorriso disarmante. È davvero accattivante questa ragazza.

«Sì, cioè no... voglio dire... grazie sto bene, ma come fai a ricordarti di me, dopo tutti questi anni?

«Io mi ricordo di tutti i clienti, anche dopo anni.»

Veramente il taglio è sempre lo stesso, e il colore... anche... però hai ragione sono cambiata: sono una donna libera di fare code al supermercato.

«Ti sei separata?»

«Sì, finalmente! È stato lungo e doloroso, ma ci sono riuscita.»

Per la prima volta la saluto con lo stesso calore con cui lei mi aveva sempre accolto e che io non avevo mai saputo ricambiare.

So sorridere, adesso.

Restituisco il carrello e ritiro la moneta. Prima che il raziocinio abbia la meglio sul mio istinto infilo la moneta nel telefono appeso al muro e formo il numero...

«Pronto Davide?»

«Sì, chi parla?»

«Chiamo per quel giro in moto fino alla fine del mondo... se hai ancora una moto...»

«Certo che ho ancora la moto... ma chi sei?»

«Ancora non lo so. Ma sto cercando di scoprirmi.»

«Intrigante... qualche ulteriore indizio?»

«Io... non soffro più di sinusite, e tu hai trovato i pinguini?»

«... i pinguini... Elisabetta! Come stai?»

« Come nuova, non mi riconosceresti. »

« Impossibile, però accetto la sfida... sono già lì! Per la moto forse è presto... »

« Presto? No, spero solo che non sia troppo tardi... »

« Allora copriti bene, avremo molte cose da raccontarci! »

« Davide...? »

« Dimmi occhi belli... »

« Ti aspetto... davanti al supermercato... quello dei pinguini! »

La trappola

L'ho conosciuto al mare, durante una vacanza. Avevo da poco chiuso una relazione e appena perso un bambino. Non che fosse una gravidanza programmata, anzi fu un incidente, una gravidanza extrauterina, ma certo il morale in quel periodo non era alle stelle. A ventisette anni, con una gran voglia di certezze e un bisogno di punti fermi, cercavo un guscio per proteggermi. È stato allora che ci siamo incontrati. Per quindici giorni ho vissuto in una favola. Bello, affascinante, tenero come solo mio padre era stato con me. Mi faceva sentire unica, una principessa. Proprio come faceva un tempo papà. Ho telefonato al lavoro e ho annunciato che sarei rimasta in quell'isola di sogno un po' più a lungo: il tempo di capire cosa mi stava succedendo. È passato quasi un mese.

Tornata in Italia, alla vita e ai problemi di tutti i giorni, mi sono illusa che quella parentesi fosse vero amore. Sono tornata ai Caraibi. Fosse finita lì sarebbe stata una bella avventura da ricordare nelle serate di noia. E forse una parte di me – quella ancora lucida – l'aveva capito perché infatti una sera, durante il secondo viaggio, avevo deciso all'improvviso di tornare a casa. C'era stata qualche incomprensione, qualche litigio, forse qualche tono che non mi era piaciuto. Ho fatto i bagagli, l'ho salutato e gli ho spiegato che tornavo nel mio Paese. Mi ha raggiunto all'aeroporto, è salito sull'aereo con me e così è sbarcato in Italia. Per mia sfortuna ha trovato lavoro quasi subito come barman. A quel punto sposarlo è stata una scelta obbligata, era l'unico modo che aveva di restare in Italia, di ottenere un permesso di soggiorno e di lavoro regolare. Gli amici andavano pazzi di lui. Mio padre invece mi scrisse una lunga lettera, invitandomi a riflettere, ma non si oppose. Oggi lo posso dire: aveva ragione su tutta la linea, ma allora, ancora presa di lui, non volevo ammetterlo, anzi forse uno dei motivi che mi ha impedito di interrompere all'inizio questa storia, è stato proprio l'orgoglio. Non me la sentivo di ammettere che mi ero sbagliata, che era stata solo un'avventura. Lui, poi, non sembrava proprio un tipo da avventura. Tra il primo e il secondo viaggio aveva perso sua madre, aveva un grande desiderio di famiglia. Tutto quello che guadagnava lo metteva da parte per noi. Ci ho pensato dopo: io avevo perso un figlio e lui una madre, forse la nostra storia malata è diventata così forte per questo, cercavamo di rimpiazzare quello che ci mancava. Adesso non lo odio neanche più, ma neanche lo giustifico. Era una persona piena di problemi, deve avere subito anche lui molte angherie, molte violenze, forse anche sessuali; sicuramente un'infanzia difficile, una storia famigliare oscura, ma quello che mi fatto passare non lo auguro a nessuno.

Il primo schiaffone l'ho preso il giorno dopo il matrimonio. Eravamo in viaggio di nozze, io guidavo e lui gridava, una scenata di gelosia perché ero stata troppo a lungo a chiacchierare con l'amico che ci aveva offerto l'ospitalità per la prima notte di nozze. Davanti agli altri era stato affascinante e cordiale, ma appena siamo rimasti soli si è trasformato, ha cambiato sguardo, è diventato un altro. Qualche segnale c'era già stato, avevo fatto finta di non vederlo, le botte iniziarono quel giorno.

Sono rimasta con lui per altri sei anni, tanto ci ho messo a trovare la forza di lasciarlo davvero. Era ossessivamente geloso e intanto mi distruggeva, mi faceva sentire brutta e indesiderabile, mi faceva credere che solo lui mi tollerava. Era maniaco per la pulizia, riempiva la casa di scope e stracci da lavare. Controllava ogni mio movimento. Lavoro in un'agenzia turistica e ho viaggiato molto. Per noi è una parte del lavoro verificare sul posto l'ospitalità degli alberghi, ma nei sei anni che sono stata sposata non ho potuto allontanarmi da Bologna neppure un giorno senza di lui. Ogni cosa, persino un ritardo di pochi minuti, poteva scatenare un'ira immotivata. Una camicia non perfettamente stirata significava per me umiliazioni a non finire. Una parola per strada col giornalaio poteva trasformarsi in una serata di botte e offese. Già, le botte... ne ho prese in ogni angolo di casa mia, e anche in quelle degli altri, in auto e soprattutto in vacanza... ma le umiliazioni peggiori erano quelle psicologiche. Volete sapere come si fa a distruggere una persona? Grida, violenza e scenate per ogni cosa che non ti va a genio sono già un buon inizio, ma se una persona la batti mentre è in bagno a fare i suoi bisogni, allora sei sulla strada buona per demolire la sua personalità. Le amicizie, quando sei sposata con uno così, si allontanano una per una. E sei tu che piano piano rinunci a tutto, perdi la voglia di vedere gli altri, di essere te stessa, l'unica cosa che vuoi è un po' di tranquillità.

E c'è un'altra cosa terribile che ho capito da poco, dopo essere uscita da quest'incubo: che i legami malati sono molto più forti di quelli sani.

Quando le cose hanno cominciato ad andare male, ma veramente male, ho cercato di lasciarlo, mi sono rifugiata a casa dei miei genitori tante volte. Ma dopo un po' di tempo mi sembrava di essere tornata indietro ai tempi dell'infanzia. Per brutta che fosse avevo una vita, un marito e una casa e dovevo ritentare con quelli, mi dicevo dopo qualche settimana di permanenza a casa di mia madre. Alla fine tornavo con lui. Domande di separazione, nel frattempo, ne avrò fatte quattro o cinque, più o meno una l'anno. Ogni volta che andavo in tribunale lui si diceva pentito e per un po' di tempo ritornava anche a essere la persona tenera e affettuosa che avevo conosciuto anni prima, su una spiaggia dei Caraibi. Siamo stati anche da una psicologa in uno di questi periodi. Lui fu così seducente da trasformare una consulente in una sua alleata: credeva a tutto ciò che lui diceva, mi convinse a tornare con lui. Le botte? Avrei dovuto ingegnarmi a non provocarlo. Il tempo di far scadere la domanda di separazione e poi ricominciava l'incubo, e ogni volta era peggio, ogni volta scivolavo più in basso. Ero una donna distrutta, rassegnata a vivere sottomessa, peggio: ero arrivata a convincermi che meritavo quello che mi succedeva. Valevo poco e avevo pochissimo: i soprusi di mio marito. Nel vuoto che mi circondava mi tenevo stretti anche quelli. Avevo perso gli amici, per la vergogna stavo alla larga dai miei, ero una donna finita, vinta, annullata. Come avevo fatto ad arrivare fino a quel punto? Io che avevo tante amiche e un caratterino niente male, che al lavoro sapevo difendermi, perché mi ero fatta distruggere da quel ragazzo pieno di guai?

Ho deciso in vacanza (l'incubo peggiore: stavamo insieme tutto il giorno e c'era l'occasione per decine di litigi e scenate). Immersa in uno splendido mare da cartolina, avevo solo voglia di morire. Mi ha salvato il pensiero dei miei. Ma intanto la mia rabbia era diventata così forte che ho trovato la determinazione che mi era mancata fino ad allora. Quando sono tornata in Italia ho telefonato a un'amica alla quale avevo già chiesto aiuto tante volte. Già un anno prima mi aveva dato il telefono della «Casa delle donne per non subire violenza», ma non l'avevo mai usato. Un po' perché ero convinta che ce l'avrei fatta da sola, un po' perché pensavo che sarei stata strumentalizzata. E invece la salvezza è venuta proprio da lì. Non mi hanno mai forzato la mano, mi hanno ascoltato, hanno avuto una pazienza infinita con tutti i miei pianti. Ricordo ancora la sera prima dell'incontro col giudice. Io ero a letto e mentre pregavo perché questa volta andasse tutto liscio lui mi disse: «Ho deciso di darti un'altra possibilità, domani in aula dirò che ci ho ripensato, ti permetto di riprovare un'altra volta». Io ebbi la forza di rispondergli: «Ti ringrazio, ma forse è meglio così». La mattina dopo dal giudice abbiamo firmato le carte e non mi sembrava vero. Ha cominciato a fare il matto solo dopo, quando ha capito che facevo sul serio. Il periodo più duro sono stati i mesi successivi all'allontanamento. Mi vergogno ad ammetterlo, ma mi mancavano le mie abitudini, mi sentivo veramente vuota. Poi, per fortuna, dopo un po' di mesi lui si è trovato un'altra donna e ha smesso di essere così pressante.

Nei sei anni che siamo stati insieme sono stata al pronto soccorso due volte, ma non l'ho mai denunciato. Me ne sono pentita di recente. La donna che è riuscito a irretire dopo di me e che purtroppo ha avuto anche un figlio da lui, mi ha chiesto di testimoniare alla sua causa di separazione, ma io proprio perché non l'avevo mai denunciato non ero considerata una testimone affidabile. Dopo tutto quello che ho passato mi hanno sconsigliato di farlo. Ero in crisi, ora che i miei guai sono alle spalle faccio un po' di volontariato alla Casa delle donne, non mi sembrava giusto rifiutare un aiuto concreto alla prima donna che aveva bisogno proprio di me. Ma testimoniare contro di lui – me l'hanno detto tutti – sarebbe stato pericoloso e controproducente. Alla fine abbiamo trovato una soluzione. Avrebbero testimoniato le donne che mi avevano accolto, e che avevano raccolto i miei sfoghi e che ora stavano aiutando un'ennesima vittima della sua rabbia e della sua impotenza di fronte alla forza di una donna.

Maria
Le mani colorate

MEZZANOTTE

«Tutte le ore sono belle, ma a mezzanotte sono sola con me stessa. È importante perché decido dentro di me, sono tranquilla, sono felice, c'è il silenzio.»

Piccola, bruna, nei suoi intensi occhi blu si può leggere la passione per il suo lavoro. Tratta tutti i bambini come se fossero figli suoi.

A quattordici anni sono arrivata a Torino dalla Calabria per frequentare il liceo classico. Mio padre era morto in guerra e a Torino c'era un collegio per orfani di militari. Ero l'ultima di tre figlie e mia madre non riusciva a farcela. A tre anni, poco dopo la morte di mio padre ero già fuori casa, in un collegio in Calabria. Quell'esperienza mi ha segnato per sempre. Ancora oggi i grandi stanzoni mi mettono tristezza. Mi ha aiutato molto il mio amore per i libri. Li divoravo. E anche i professori mi hanno dato una mano. Sono stati loro a insegnarmi l'importanza della libertà. Amavo da morire la scuola e la cultura. È così che è nato il mio desiderio di insegnare ai bambini ad apprendere con gioia, perché a me è servito tantissimo.

In realtà avrei voluto fare il medico, ma da grande ho abbandonato l'idea perché non me lo potevo permettere. Mi sono iscritta alle magistrali e ora sono un'insegnante delle materne. Dopo trentatré anni di lavoro guadagno millequattrocento euro. Niente. E quest'anno, con la sperimentazione voluta dal ministro Moratti, sto facendo duecentomila ore. A scuola tutto avviene sulla pelle degli insegnanti. Se insegni alle materne, poi, sei proprio all'ultimo gradino, mentre è proprio lì che si mettono le basi. Se lavori bene con un bambino di tre anni, a quindici si troverà benissimo. Io preparo i primi mattoni, alle elementari mettono gli altri. Tutti pensano che gli insegnanti lavorino poco perché d'estate hanno due mesi di ferie. Io posso dire che lavoriamo così tanto che arriviamo alla fine dell'anno che siamo degli stracci.

Insegnare a convivere

Questo è un asilo particolare. Abbiamo venticinque etnie con cui confrontarci ogni giorno e nessuno sconto. Sono venticinque bambini per classe e la mattina c'è una sola insegnante dalle otto alle dodici. Nei nostri gruppi ci sono quattro età diverse, dai due anni e mezzo ai cinque. Per fortuna conosco cinque lingue, perché dopo le magistrali le ho studiate all'università di Torino. Mi piaceva molto viaggiare e volevo imparare più lingue possibili. Era il mio sogno.

Ho lavorato con i bambini in tutti i campi: elementari, medie e anche con i bambini con problemi fisici. Ho preso la specializzazione per lavorare con i portatori di handicap. Poi mi hanno proposto di lavorare con i bambini stranieri. In questa scuola sono quasi l'ottantacinque per cento. Ho insegnato l'italiano e creato un rapporto con i genitori. Poi ho organizzato laboratori di inglese, di pittura, di logica e matematica. Mi sono sempre divertita con i bambini e per fortuna i programmi non sono così rigidi o schematici. Qui è importante lavorare sulle dinamiche di gruppo, sull'aggressività, sulla socializzazione e su come superare i momenti di disagio. Qualche volta tutto questo si complica perché né i bambini né i loro genitori conoscono l'italiano. Con alcuni ci arrangiamo con il francese, l'inglese o lo spagnolo. Ma i cinesi a volte non parlano altro che la loro lingua. In questi casi è come avere un bambino sordo in classe. Allora dobbiamo inventarci un linguaggio per fargli arrivare la nostra voce. E passi quando devi spiegare cose di uso quotidiano, come lavarsi i denti, togliersi il bavaglino, prendere la forchetta. Il peggio è quando devi spiegare qualcosa di cognitivo. Non è facile, ma bisogna darsi da fare, studiare strategie per farsi capire e per comunicare. Altrimenti il bambino si sente isolato e questa è la prima cosa da evitare.

All'inizio quelli che venivano accettati con più difficoltà erano i bambini di colore, perché la differenza spicca di più. A me piacciono da morire e sono riuscita a trasmettere a tutti i bambini il mio grande amore per loro. È stata una cosa istintiva, ma a volte serve di più l'intuito che i testi di pedagogia. Ho lavorato molto anche con il corpo, con i giochi di movimento, con la pittura. Dipingevamo mani gialle, rosse e verdi e le mostravamo: « Vedete? Sono tutte belle ». Così hanno iniziato a prendersi per mano. All'inizio non lo facevano proprio. Ho cominciato a fare dei cerchi con loro e loro mi hanno imitato. Alla fine ce l'abbiamo fatta e oggi i bambini si accettano a vicenda in modo naturale.

Mi ricordo di un bambino che non riusciva a disegnare: aveva un blocco davanti al foglio bianco. Ci ho messo un anno ma alla fine riusciva a fare delle cose bellissime. Quando si è liberato non faceva che disegnare. Era riuscito a tirare fuori quello che aveva dentro, ad avere una nuova consapevolezza di sé. L'ho aiutato a mettersi in gioco.

È importante che i bambini siano sereni ed è proprio questo lo scopo del nostro lavoro. Cerchiamo di dare serenità anche a quei bambini che vivono in situazioni precarie. Lavoriamo con le loro famiglie, cerchiamo di conquistare la loro fiducia o semplicemente di aiutarli. A volte anche delle donne picchiate si rivolgono a noi. Le aiutiamo a trovare un posto dove rifugiarsi e dove poter trovare un aiuto concreto. Ci sono donne che hanno problemi con i mariti o storie tragiche alle spalle. Certi bambini sono spaesati dal consumismo che li circonda. Vengono da posti dove non avevano niente e si ritrovano improvvisamente imbottiti di tutto. In altri casi facciamo capire che devono accettare le nostre regole, che, per esempio, ci devono rispetto. All'inizio c'erano dei musulmani che non ci rivolgevano la parola. Per loro eravamo soltanto donne. C'è voluto per fargli capire che qui in Italia le cose funzionano diversamente, che io ero l'insegnante di loro figlio, che dovevano rispetto a me e al resto della scuola.

Abbiamo diversi menù: per i bambini con diete particolari, per i musulmani, per chi non mangia carne. I bambini musulmani, quando vedono gli altri mangiare il prosciutto, a volte, tentano di prenderlo dal piatto del vicino. Dobbiamo essere rapidissime a fermarli e spiegare loro perché non è possibile. Dobbiamo fare capire a questi bambini che questa è un'isola strana, una comunità con diverse culture.

Dovremmo essere più numerosi noi insegnanti. Tutto quello che otteniamo lo strappiamo con fatica. I bambini dovrebbero essere il nostro investimento più importante e invece si continuano a fare tagli su tagli. Non per polemica. Noi la sperimentazione l'abbiamo fatta, ma i bambini di due anni e mezzo avrebbero bisogno di giochi, di uno spazio per loro. E noi avevamo spazi, giochi e tempi soltanto per i bambini di cinque anni. Alla fine, per non penalizzare nessuno siamo state noi a sacrificare tempo libero e famiglia. Ma non è giusto.

Quando all'asilo c'ero io

Ho avuto un'infanzia difficile. Non è stato facile stare in collegio. Avevo soltanto tre anni e non ero felice con la famiglia lontana. Per questo curo tanto la mia. Penso che sia importantissimo avere quell'affetto che a me è mancato. Ho sofferto, però avevo davanti a me un progetto, dei sogni e dei desideri. Alcuni sono rimasti nel cassetto, ma almeno ci ho provato. Mi divertivo con niente, e piano piano mi sono conquistata ciò che sognavo. La mia Cinquecento di seconda mano è arrivata dopo dieci anni di lavoro, e sono contenta della mia casa. Ai miei figli ho cercato in tutti i modi di insegnare cosa vuol dire essere liberi. Non so se ci sono riuscita. Forse non ho fatto molta strada, sono rimasta una semplice insegnante, non ho prestigio né ricchezza, ma del mio lavoro sono contenta. Non ho fatto il medico, come avrei voluto, ma a volte, con i miei bambini, mi sento un po' medico.

Bettina
La casalinga che si svegliò a cinquant'anni

Bettina è una donna di Caserta, piacevole, con un certo charme e un gran bisogno di comunicare. Fa l'attrice, a volte la regista, organizza convegni. Quello che si dice una donna attivissima. Vive in un appartamento curato, pieno di luce. Quando è arrivato suo figlio, ventenne, non è venuto a salutarla. Solo un lieve ciao, mentre passava, come un'ombra, nel corridoio. Lei era a disagio, le dispiaceva non avergli lasciato niente di pronto, avrebbe dovuto apparecchiarsi il tavolo da solo. Si sentiva un po' in colpa. Solo allora è stato chiaro che, anche se ci stava provando, se aveva percorso molta strada, Bettina non era riuscita del tutto a riprendere la sua vita in mano.

Sono nata due volte. La prima, in un piccolo paesino del Casertano, Castel Volturno; la seconda a cinquant'anni, grazie a Eduardo de Filippo. È stato il teatro a farmi sentire l'affetto che in casa non trovavo a sufficienza, a risvegliare le emozioni che vent'anni di matrimonio avevano sepolto sotto un cumulo di abitudini.

Quarant'anni fa il mio paese natale era bello, vicino al mare, con una pineta immensa e profumata. Ora è un luogo devastato dalle costruzioni abusive. Quand'ero piccola non c'era la scuola ed è per questo motivo che mi hanno mandato a Napoli in un collegio, lontano dalla famiglia. Per molti anni sono rimasta confinata in un istituto di suore salesiane, infelice e con una grande nostalgia di casa mia. Mio padre diceva: «Qui non ci sono scuole. Che futuro potresti avere? È una scelta che faccio per il tuo bene». Io la pensavo diversamente, perché avrebbe potuto trovare altre soluzioni. Le mie amiche viaggiavano, andavano sui pullman, una libertà che mio padre non approvava. Per lui le brave ragazze sul pullman non ci dovevano andare. Tra le quattro mura del collegio è cresciuta una ragazza molto insicura e timida, due aspetti della mia personalità che ho superato solo verso i cinquant'anni. In quegli anni, nell'ora dedicata allo studio, prendevo spesso l'album di famiglia e per ore intere mi perdevo nelle foto di mia madre, dei miei fratelli. La nostalgia mi divorava. Li dentro non c'erano voci amiche.

Non ci facevano uscire, tranne a Pasqua e Natale. Un regolamento rigido e crudele che trasformava quel posto in una prigione senza umanità. Quella totale mancanza di libertà mi ha portato poi a lasciar fare ai miei figli tutto quello che volevano. Nel collegio lo studio era di due tipi: normale e rigoroso. Non potevamo alzarci neanche per andare in bagno, non dovevamo fare rumore. Se facevamo cadere una penna per terra dovevamo stare tutta la serata in castigo. È stato terribile. Guardare quell'album mi faceva male. Contavo i giorni che mancavano per tornare a casa. Ho odiato il collegio come si odia una prigione.

Mio padre aveva un caseificio e produceva mozzarelle di bufala e mia madre lavorava con lui. Ma mentre mia madre rimaneva a controllare la ditta, mio padre si ritagliava i suoi spazi. Dedicava molto tempo alla sua passione per i cavalli. Mia madre è morta a quarant'anni, quando io ne avevo dodici. Al funerale, ero nella macchina che seguiva il feretro, quando una signora per strada, indicandomi, ha detto: «Ecco, quella è la figlia della morta». Quella frase mi è rimasta dentro con la consapevolezza che da quel momento avrei dovuto cavarmela da sola. Ho sentito molto la sua mancanza, anche quando mi sono sposata e ho avuto i miei figli. Le mie amiche ricevevano consigli e appoggio dalle loro mamme, io mi sono sentita ancora una volta sola. Mio padre aveva un carattere deciso e mi ha sempre invitato a essere forte: bisognava essere autonomi e non c'era spazio per gesti affettuosi, per le carezze. Verso i quattordici anni, quando ho cominciato a svilupparmi, ho avuto dei problemi. Le mestruazioni non arrivavano. Allora la suora chiamò mio padre e gli disse che avevo bisogno di una visita ginecologica. Andammo da uno dei migliori ginecologi di Napoli. Il dottore disse a mio padre che si trattava di problemi psicologici: «La ragazza a questa età avrebbe bisogno di uscire, di stare con le amiche. È come un uccellino che voi mettete in gabbia, perciò ne soffre». Mio padre non volle affrontare il problema. Dovevo rimanere lì perché non c'erano altre soluzioni.

Quando ho finito le magistrali, ho conosciuto mio marito nel posto dove studiavo. Mi sembrava più aperto rispetto alla mia famiglia. Mi sono sposata perché mi ero innamorata, ma anche perché non vedevo l'ora di andarmene di casa. Mio padre si era risposato con una donna che teneva molto alle apparenze, a quello che diceva la gente. Io questo non l'ho mai sopportato. Con gli anni, mi sono resa conto che anche per lei non è stato facile, si è dovuta occupare di cinque ragazzi non suoi, e di suo figlio.

Nella mia vita c'è stato solo un uomo: mio marito. L'ho conosciuto, mi è piaciuto e ci siamo sposati. I figli sono arrivati subito, a un anno di distanza uno dall'altro. Di quei primi anni mi ricordo le pappe, i pannolini e molta solitudine. Ma è stato bello vederli crescere. All'inizio con i figli sono stata molto protettiva anche perché, avendo perso mia madre molto presto, volevo dar loro tutto quello che io non avevo avuto. Andavo a prenderli all'asilo perché mangiassero bene a casa. Quando sono cresciuti e si sono allontanati io sono rimasta di nuovo sola. È cambiato il legame, il mio modo di vederli, il loro di vedere me. Si stavano creando uno spazio in cui non c'era posto per me. Io invece, non mi ero creata niente, non avevo un mio mondo. Un giorno mi sono guardata allo specchio e mi sono detta: «Per me cosa ho fatto?»

Sono entrata in una crisi profonda. Non mi sentivo realizzata, avevo vergogna di dire che ero una casalinga. Alzarsi la mattina solo per preparare il pranzo... non ce l'ho più fatta. Volevo dimostrare a me stessa e agli altri che valevo qualcosa, che potevo andare oltre le pulizie della casa. È stato un periodo di sbandamento totale: per gli altri il problema non esisteva, o non volevano vederlo. Mio marito andava a lavorare, i figli a scuola, e io stavo male. Era bruttissimo. Avevo la sensazione di non contare niente anche se a loro avevo dedicato tanti anni della mia vita. Ero arrivata a non lamentarmi più, perché la mia infelicità era fastidiosa. I figli si scocciavano. Ho dovuto decidere da sola come salvare me stessa, come trovare una via di uscita.

Il teatro mi ha aiutata ad essere più consapevole

Così ho cominciato a guardarmi intorno, a buttarmi su tutto, come una persona affamata da troppo tempo. Nel mondo del teatro sono entrata per caso, imparando dagli altri. Ho fatto l'attrice, diretto uno spettacolo e adesso preparo un progetto sulle fiabe popolari casertane. È iniziato così: nelle ore che trascorrevo a casa, prendevo libri di teatro e recitavo da sola. Da *Filumena Marturano* a *Napoli milionaria*, a *Natale in casa Cupiello*. Entravo nei panni di Amalia, di Concetta. Poi un giorno un'amica che aveva fatto recitazione mi ha trascinato nella compagnia amatoriale in cui lavorava. Avevano bisogno di una direttrice di scena e a poco a poco ho imparato a farlo. Dovevo controllare come fossero vestiti gli attori, se gli oggetti erano giusti, cose del genere. In tre anni ho imparato molto sul teatro, e ho acquistato sicurezza. Poi le cose sono venute da sé. Ho cominciato a fare teatro in un circolo ricreativo per anziani dove ero la più giovane. Molti lavoravano di giorno e le prove si svolgevano la sera. La stagione successiva ho lavorato con i giovani e li ho aiutati ad allestire uno spettacolo. Ragazzi timidissimi che si sono trasformati sul palcoscenico, proprio come me. La mia idea era quella di trovare un posto che non fosse la parrocchia dove fare teatro, e a Caserta dopo tanto tempo si è costituito un gruppo teatrale legato al sindacato. Mi hanno dato carta bianca sulla scelta dei testi teatrali e io ho individuato quelli che parlavano di problematiche femminili.

Questo coinvolgimento mi ha aiutato a uscire dalla depressione e a ricominciare la mia vita. Se non ci fosse stata questa passione non so cosa sarebbe successo. Il teatro mi ha aiutata a essere meno timida e più consapevole di me stessa. Adesso sono una donna attivissima, collaboro con una casa editrice e per quanto riguarda il teatro abbiamo portato in scena una commedia di Franca Rame (*Grassa è bello*) che parla della questione femminile, di una donna che viene abbandonata dal marito. Lo spettacolo, che stiamo ancora portando in giro, esprime molti temi che conosco bene, che io, come molte altre, ho sentito profondamente: la voglia di coccole, di non sentirsi sola.

Sento che sto diventando forte, sicura, che la mia vita sta iniziando a cinquant'anni. Avevo anche bisogno che qualcuno mi dicesse che ero una bella donna, avevo bisogno dello sguardo degli altri per sentirmi viva. Questo non vuole dire che cerco un'avventura, assolutamente no, ma ho bisogno di sapere che non sono morta, che posso ancora piacere. Il rapporto con mio marito e con i miei figli non è cambiato, forse perché io sono ancora alla ricerca di qualcosa che non ho trovato del tutto. Quando lavoro sto bene, ma nei periodi in cui la compagnia si ferma ricompaiono le vecchie paure. Fino a quasi cinquant'anni non avevo fatto niente, non avevo mai avuto una comitiva con cui semplicemente andare al cinema. Il teatro mi ha dato questo: scambiare opinioni, esprimersi, ascoltare, essere ascoltati. Diversamente da me, mio marito – come mio padre – ha sempre fatto la sua vita. Ma per una donna del Sud è più difficile.

Dopo trent'anni il matrimonio, hai bisogno di amicizie. Nonostante abbia cinquant'anni parlo ancora di futuro, non mi sento finita. Ho tanti sogni che voglio realizzare e questo mi dà la forza d'andare avanti. Non me li sento questi cinquant'anni, forse perché solo adesso ho trovato dentro di me la forza per scegliere. Ho scoperto l'amicizia e, cosa singolare, quasi tutte le mie amiche sono state lasciate dai rispettivi mariti. Avverto la loro sofferenza, mi sento vicina a loro. Hanno dovuto cavarsela da sole, mettendosi a lavorare, facendo quello che capitava, anche lavare i piatti nei ristoranti per mantenere i figli.

Per me essere amata vuol dire anche essere capita, aiutata, sentire vicine le persone a cui voglio bene. Mio marito è già molto diverso rispetto agli uomini del Meridione, lui ti dice: «Fai quello che vuoi, basta che ci sia la tranquillità». Non mi ha ostacolato, lo riconosco, ma mi manca di sentirlo al mio fianco. Ci potrebbe essere più dialogo, più intesa. Siamo due persone separate, ognuno per sé. Sono l'unica in questa famiglia che sta ancora cercando. Mi sembra che gli altri, sia i miei figli che mio marito, abbiano raggiunto quello che volevano, chi nel lavoro, chi negli studi. Io sto ancora cercando.

L'album non lo guardo più: quando ho voglia di vedere uno dei miei famigliari prendo la macchina, vado e ci sto bene.

A cinquant'anni ho voglia di non perdere tempo, di scoprire quello che non ho potuto fare fino adesso. Le donne della mia età hanno gli stessi disagi che ho io. Ho tante amiche laureate che non hanno mai lavorato. Adesso che i figli stanno per laurearsi, loro sono insoddisfatte, ma silenziose. La domanda che si pongono è: «Cosa voglio di più? Come faccio a chiedere al marito che voglio uscire, lavorare».

«E cosa te ne importa?» rispondo io!

«E mio padre cosa dice?»

«E cosa te ne importa?» ribadisco ogni volta. «Tuo padre la sua vita l'ha vissuta». Queste donne non stanno bene, sono depresse. Quelle che apparentemente stanno meglio sono le nonne che passano la vita a crescere i nipotini a tempo pieno mentre le loro figlie vanno a lavorare. Non hanno tempo di deprimersi. Io non voglio questo futuro. La nonna non la voglio fare, non così. Io non sono rassegnata, ho la forza per resistere. Ribellarsi vuol dire sentirsi vivi. Sento che sto ancora cercando la mia ora.

Ringraziamenti

Vogliamo ringraziare tutte le donne di questo libro, le loro vite sono diventate importanti per noi. Grazie a Joel e Ghila per il grande sostegno, e a Stefano perché se si è sentito trascurato non lo ha fatto pesare.

Grazie anche a Marisa, Emilia, Simone e Francesco per i suggerimenti e la pazienza, a Ruben per averci messo in contatto con Giorgia, l'operaia di Melfi, ad Angela per averci aperto le porte della casa delle donne maltrattate di Bologna, a Vito, Nino e Maria Rosa per averci fatto scoprire Filicudi e i suoi tesori, a Teresa, per averci fatto incontrare Bettina, la dinamica casalinga di Caserta. Al medico Ezio che è riuscito a salvare tante ragazze, ridando loro fiducia in se stesse. A Sabine e Stefano per il loro infaticabile lavoro e per la fiducia che ci hanno dimostrato.

a.w., c.c.

Indice

ESPERIENZE

TESTIMONIANZE DI VITA AUTENTICHE

1. Zachert, *Ci vediamo nel mio Paradiso*
2. Hayden, *Una bambina e gli spettri*
4. Schaefer, *L'altra madre*
5. Rütter Barzaghi, *Senza vergogna*
6. Redfield Jamison, *Una mente inquieta*
7. Bauby, *Lo scafandro e la farfalla*
8. Percoco, *Nato da un aquilone bianco*
9. Chiusoli, *Quasi tutto ancora da vivere*
10. Lukas, *Quattro anni all'inferno*
11. Hayden, *Come in una gabbia*
12. Mohr, *Un elefante mi ha preso per mano*
13. Picardie, *Due o tre cose prima di andarmene*
14. Hayden, *Figli di nessuno*
15. Hornbacher, *Sprecata*
16. Kaysen, *La ragazza interrotta*
17. Reeve, *Sempre io*
18. Sanders, *Vivere*
19. Jaffé, *Max è importante*
20. Saffian, *Itaca*
21. Kuhnert, *Ogni giorno un piccolo miracolo*
22. Miniter, *Le cose che voglio di più*
23. Longo, *Mia figlia dorme nel mare*
24. Guénard, *Più forte dell'odio*
25. Merker, *In ascolto*
26. Samson, *Quando il primo amore uccide*
27. Ototake, *Nessuno è perfetto*
28. Schäfer, *Vi ho amato tutti così tanto*
29. Savage, *Due uomini e una culla*
30. Hayden, *Una di loro*
31. Shapiro, *L'erba di mamma*
32. Makampé, *Per colpa di mio padre*
33. Picciotto, *Ultimo a uscire*
34. Ginsberg, *Mio figlio Blaze*
35. Hayden, *Una bambina*
36. Fox, *Lucky Man*
37. Uyterlinde, *Cercasi bambino disperatamente*
38. Sartorio, *L'arca di Nina*
39. Rohde, *La ragazza porcospino*
40. Rifa'i, Ainbinder, *Vogliamo vivere qui tutt'e due*
41. Simon, *Deviazione*
42. Frey, *In un milione di piccoli pezzi*
43. Rütter Barzaghi, *Un bambino piange ancora*
44. Hayden, *La figlia della tigre*
45. Mackie, *Io e la mia ombra*
46. Burrell, *Al servizio della mia regina*
47. Tenberken, *La mia strada porta in Tibet*
48. Kim, *Diecimila dolori*
49. Joly, *Per salvare mia figlia*
50. Housden, *Il regalo di Hannah*
51. Tillmann, *Una felicità persa al gioco*
52. Ayşe, *Figlia di Sherazade*
53. Jansen, *Ti seguirò oltre mille colline*

ESPERIENZE

STORIE VERE
TESTIMONIANZE DI VITA AUTENTICHE

AYŞE
FIGLIA DI SHERAZADE

Il terribile destino di una giovane curda, nata in Germania e costretta a nascondersi perché ha scelto la libertà e l'amore.

Quando Ayşe cammina per strada, si guarda le spalle – ha paura per la propria vita. Da due anni si nasconde alla sua stessa famiglia, che la sta cercando. Seconda le tradizioni arcaiche della comunità yezida, alla quale appartengono i suoi genitori, avrebbe dovuto sposare un ragazzo curdo come lei. Il padre l'aveva già venduta al cugino Hassan, ma poco prima del matrimonio Ayşe, disperata, è scappata. Le è sembrata l'unica soluzione. Ma con la sua fuga ha infangato l'onore della famiglia, e per questo rischia di morire. Anche qui, in mezzo a noi.

TEA

ESPERIENZE

STORIE VERE
TESTIMONIANZE DI VITA AUTENTICHE

AMAL RIFA'I, ODELIA AINBINDER
con Sylke Tempel
VOGLIAMO VIVERE QUI TUTT'E DUE

Un'amicizia difficile a Gerusalemme. Una ragazza palestinese e un'israeliana raccontano cosa significa vivere in una terra contesa e insanguinata dalla guerra e offrono un segnale di speranza per una pace possibile.

Hanno entrambe diciott'anni: Amal è palestinese, Odelia è israeliana. Vivono nella stessa città, Gerusalemme, ma appartengono a mondi diversi. Si sono conosciute in occasione di un viaggio organizzato da «Peace Child Israel» e si sono immediatamente piaciute. Purtroppo, però, la seconda Intifada ha bloccato sul nascere la loro amicizia. Così, quando la giornalista tedesca Sylke Tempel ristabilisce un contatto, le due ragazze sono molto contente e, grazie a lunghe conversazioni e scambi di lettere ed e-mail, cominciano a conoscersi meglio e a scoprire cosa le unisce nonostante le differenze. Raccontandosi la propria vita quotidiana, Amal e Odelia esprimono apertamente la propria rabbia, le frustrazioni e le paure, ma parlano anche delle proprie speranze e dei sogni per il futuro. Un resoconto sorprendente e coinvolgente che, senza la pretesa di voler dare giudizi, ci fa capire, semplicemente, cosa significa crescere in Israele oggi.

TEA

ESPERIENZE

STORIE VERE
TESTIMONIANZE DI VITA AUTENTICHE

URSULA RÜTTER BARZAGHI
UN BAMBINO PIANGE ANCORA

La testimonianza di un'infanzia vissuta all'ombra di un padre violento e in cui si riassume l'atteggiamento di un'intera generazione.

«Ho provato a ricostruire la mia storia di bambina, cresciuta come tanti altri della mia generazione sotto una cappa di silenzi stesa dagli adulti sulle loro colpe. Quella cappa, oltre a ostacolare la giustizia, ha reso difficile anche la comunicazione tra genitori e figli ... Quando ho deciso di scrivere, non pensavo che mio padre sarebbe saltato fuori a ogni pagina ... Soltanto in seguito, guardando i documentari che la televisione trasmetteva in tarda serata sul nazismo, ho deciso di aggiungere alcuni ricordi che quattordici anni fa avevo censurato. Così facendo, i sospetti che avevo sollevato su di lui si sono aggravati, ma ho il presentimento che la verità sia ancora peggiore. Da qualche parte le prove ci sono, ne sono certa, anche se non le ho ancora cercate...»

Della stessa autrice
in edizione TEA:

Senza vergogna

TEA

ESPERIENZE

STORIE VERE
TESTIMONIANZE DI VITA AUTENTICHE

ANNA SARTORIO
L'ARCA DI NINA

«Un'infermiera mi ha appena accompagnata in carrozzella nel reparto di Terapia Intensiva Neonatale dov'è ricoverata la mia bambina, Nina, Nina amore mio, Nina che avrebbe dovuto nascere il 16 settembre e che invece è nata a tradimento ieri notte: 16 giugno 2000... Mia figlia è nata di sei mesi. Sei mesi. Settecento grammi. E di scontato, in questa storia, non c'è proprio niente.»

Torino, 16 giugno 2000: Nina viene al mondo alla 26ª settimana di gestazione. Pesa 700 grammi, ed è immediatamente ricoverata in Terapia Intensiva Neonatale. Dentro un'incubatrice – la sua «Arca» –, è tenuta in vita da un apparecchio di ventilazione che, attraverso un sondino inserito nel naso, le spinge aria nei polmoni; un catetere nell'ombelico la nutre e ha monitor, sonde, tubi e aghi dappertutto. Sua madre Anna, per oltre 70 giorni, le sta accanto, le parla, l'accarezza, mentre Nina supera un'emergenza dopo l'altra. Il 26 agosto 2000, finalmente, Anna e Nina possono andare a casa insieme: le condizioni della bambina si sono stabilizzate. Ma la loro battaglia per la vita non è ancora conclusa...

TEA

Fotocomposizione:
Nuovo Gruppo Grafico s.r.l. - Milano

Finito di stampare
nel mese di febbraio 2005
per conto della TEA S.p.A.
dalla Grafica Veneta S.p.A. di Trebaseleghe (PD)
Printed in Italy

502-0744-1